Le Choix de Bianca

Bianca a une décision à prendre afin de ne pas perdre son petit frère

Sley Samedy

This is a work of fiction. Similarities to real people, places, or events are entirely coincidental.

LE CHOIX DE BIANCA

First edition. May 21, 2024.

Copyright © 2024 Sley Samedy.

ISBN: 979-8224384969

Written by Sley Samedy.

Also by Sley Samedy

Bianca Amato a une décision à prendre.

Lorsque les parents de Bianca meurent dans un accident de voiture anormal, elle est jetée dans la rue et son frère est placé dans une famille d'accueil.

Pour prouver aux services de protection de l'enfance qu'elle peut prendre soin de son frère, elle doit être financièrement stable avec une maison et montrer qu'elle peut prendre soin de lui seule. Perdre la seule famille qui lui reste n'est pas une option. Elle peut soit vendre sa virginité au plus offrant, soit risquer de perdre son petit frère au profit du CPS.

Stefano Russo a besoin d'une femme et pas de n'importe quelle femme. S'il doit se marier, il veillera à ce qu'elle soit pure. Elle doit lui donner un enfant dans les deux ans suivant leurs noces, sinon il risque de perdre son héritage et le trône au profit de la mafia italienne. Il a beaucoup de femmes parmi lesquelles il pourrait choisir, mais il n'en veut aucune.

Sachant qu'il n'a pas beaucoup de temps, il recherche les meilleurs du métier pour l'aider à résoudre son problème. Un coup d'œil à la photo de Bianca et il est accro. Il sait que c'est elle, puis Lilith lui rappelle que ce n'est que pour une nuit. Non seulement il doit acheter sa virginité, mais il doit aussi la convaincre de rester pour toujours.

Chapitre 1

Bianca Amato

Une brise fraîche frappe ma peau chauffée, mais ce n'est pas suffisant pour me rafraîchir. Une goutte de sueur coule sur mon visage et je l'essuie rapidement. J'ai juste couru trois pâtés de maisons pour prendre ce bus à l'heure et me rendre de l'autre côté de la ville pour voir mon frère. Je regarde autour de moi dans le bus bondé et je me demande où est ma vie. Ce n'est pas le fait que je prenne un bus qui m'atteint, c'est d'abord la raison pour laquelle je suis dans le bus.

Il y a quelques mois, mes parents sont morts dans un accident de voiture. Eh bien, je dis accident, mais c'était entièrement de leur faute. Ils roulaient en état d'ébriété et ont fait une embardée hors d'un pont, plongeant dans la rivière en contrebas. Ils ont été retrouvés le lendemain matin et déclarés morts sur place. Même maintenant, je suis énervé de voir à quel point ils sont irresponsables, mais cela ne m'étonne pas. Ils ont toujours été plus préoccupés par les événements de leur vie que par ce qui se passait dans celle de leurs enfants. Je sais qu'ils nous aimaient mon frère et moi, mais il était clair qu'ils s'aimaient davantage.

J'ai obtenu mon diplôme d'études secondaires quelques semaines avant l'accident, mais j'avais encore dix-sept ans. Alexander, ou Alex comme je l'appelle, et moi avons été placés en famille d'accueil d'urgence et quelques jours plus tard, nous avons été placés chez Laurie, une femme célibataire d'une cinquantaine d'années qui héberge plusieurs adolescents chez elle à la fois. Elle est gentille et prend soin de ses enfants adoptifs comme s'ils étaient les siens. Quand j'ai eu dix-huit ans, Laurie m'a fait asseoir et m'a dit que je devais déménager pour faire de la place à un autre enfant qui pourrait être placé avec elle. Elle a eu la gentillesse de me laisser dormir sur son canapé pendant quelques semaines jusqu'à ce que je puisse trouver un endroit plus permanent où rester.

Le mois dernier, je vis avec certains de mes amis d'école, mais ce n'est pas ce que j'appellerais ma maison. Ils organisent constamment des fêtes où les gens se saoulent et se défoncent. Ce n'est pas ma scène et ce n'était pas la leur non plus lorsque nous étions à l'école ensemble. J'ai besoin de sortir de là, mais c'est difficile à faire quand j'arrive à peine à joindre les deux bouts dans mon nouvel emploi. Je suppose que je devrais être heureux d'avoir même un travail, mais je ne peux m'empêcher de penser à quel point mes parents nous ont royalement baisés. Maintenant, mon frère et moi sommes séparés et je ne sais pas comment nous réunir.

Le bus s'arrête sur le bord de la route et j'entends la porte s'ouvrir en hurlant. Je saute de mon siège et descends du bus dans la chaleur. Au moins, les mois d'été sont derrière nous et il commence à se rafraîchir ici à Atlanta. J'ajuste mon sac à dos et marche 800 mètres jusqu'à la maison de Laurie.

Arrivé à sa porte, je frappe, attendant anxieusement qu'elle réponde. L'une de mes plus grandes craintes est qu'elle me repousse et ne me laisse plus voir Alex. Jusqu'à présent, elle m'a accueilli et je prie pour que son cœur ne change pas.

"Bianca, Alexander attendait que tu viennes ici", dit-elle chaleureusement, m'ouvrant la porte pour que j'entre.

"Merci", dis-je en entrant.

« Alexandre », appelle-t-elle d'une voix forte. Je ne peux m'empêcher de rire doucement, il déteste qu'on l'appelle Alexandre. Il est probablement à l'étage dans sa chambre comme il l'est habituellement quand j'arrive ici.

"Comment va-t-il ?" Je demande.

Laurie sourit. « Oh, tu sais ce que c'est d'avoir treize ans. Il pense qu'il sait tout et il est têtu », rit-elle. "Ses notes sont bonnes jusqu'à présent."

Je souris. « C'est un enfant intelligent. Je n'arrive pas à croire qu'il soit déjà en huitième année.

« Il ira bien. C'est un combattant et il surmontera cet obstacle, tout comme vous. Dit-elle en me lançant un regard inquiet.

J'acquiesce, mais je ne suis pas sûr de la croire. Se faire arracher de chez soi est déjà assez dur, mais être séparé de la seule famille qu'il nous reste rend la situation presque insupportable. À ce moment-là, Alex descend les escaliers. À la minute où il me voit, son regard irrité change et il court vers moi et me prend dans ses bras, me faisant tournoyer pendant qu'il me serre dans ses bras.

"Hé, soeurette."

Je ris et lui tapote le dos. « Hé toi-même. Déposez-moi avant que je tombe malade.

Il me dépose et me fait un sourire maladroit. "Désolé, je ne savais pas si tu allais venir ce soir." Alex est un grand enfant, une sorte de gentil géant. Il mesure déjà plus de six pieds et pèse près de deux cents livres, et il continue de grandir. Il va être énorme, tout comme notre grand-père l'était de son vivant.

"Hé, je t'ai dit que je venais, n'est-ce pas ?" Dis-je en regardant dans ses yeux marron.

Il hausse les épaules et ça me tue de le voir si incertain.

"MS. Laurie, ça te dérange si Alex et moi faisons une promenade ?

« Ne pars pas longtemps. Le dîner devrait être prêt dans environ quinze minutes.

"Oui, madame", disons Alex et moi en même temps, puis nous nous regardons et sourions. Nos parents ont toujours été stricts en ce qui concerne les manières et la façon dont nous parlions aux adultes. Oui Monsieur. Non madame. S'il vous plaît et merci étaient obligatoires dans notre maison.

Quand nous sortons, nous nous dirigeons vers un banc situé sous l'un des immenses arbres du jardin de Laurie. J'ouvre mon sac à dos, sors un nouveau téléphone portable et le lui tends.

"Qu'est-ce que c'est ça?" » demande-t-il avec émerveillement en regardant le nouveau téléphone.

"Un téléphone portable", je ris.

Alex me serre fort. "Merci, sœurette."

« Ne va pas me remercier tout de suite. C'est juste un téléphone de base.

Alex secoue la tête alors qu'il commence à jouer avec. "C'est parfait."

Je lève les yeux au ciel devant mon frère et son vertige. Ce n'est pas parfait, mais c'est le mieux que je puisse faire pour être sûr de rester en contact avec lui. « C'est un téléphone prépayé avec appels et SMS illimités. J'ai enregistré mon numéro dans les contacts. Vous pouvez m'appeler ou m'envoyer un SMS à tout moment, de jour comme de nuit.

"C'est génial B, mais pourquoi l'as-tu eu pour moi ?"

Je détourne le regard de lui, c'est la partie la plus difficile. «J'ai eu une réponse de cette dame des services de protection de l'enfance. Elle a dit que je n'aurais pas la garde de toi à moins d'avoir un travail pour subvenir à nos besoins et un endroit sûr où vivre.

"C'est de la foutaise!" Il grogne, piétinant la cour en soufflant et en soufflant. Je n'aime pas plus la nouvelle que lui, mais je comprends. C'est leur travail de s'assurer qu'il est en sécurité et qu'il est correctement soigné. Actuellement, je ne pourrais pas lui donner ça.

En m'approchant de lui, je posai ma main sur son dos et le frottai lentement. "Hé, je n'aime pas ça non plus, mais jusqu'à ce que je puisse trouver un meilleur travail et emménager dans mon propre logement, c'est comme ça que ça va se passer en ce moment. Vous avez de la chance, Laurie est une bonne personne, elle vous traitera bien.

Alex se retourne et me regarde avec un froncement de sourcils. «Je sais qu'elle l'est, mais ce n'est pas pareil. Et si... tant pis.

Je secoue la tête. «Non, pas de secrets, souviens-toi. Et si quoi ? Je demande.

« Et si tu me quittes ? Est-ce pour ça que tu m'as acheté ça ? » demande-t-il en levant le téléphone. "Alors tu n'es plus obligé de venir me rendre visite ?"

"Non bien sûr que non. Alex, ça n'arrivera pas. Tu es mon frère, la seule famille qui me reste. Il n'est pas question que je te laisse ici et ne revienne jamais.

"Promettez-vous?" » Demande-t-il, semblant inquiet pour la première fois depuis longtemps.

"Je promets. Je ferai tout ce que je dois faire, aussi vite que possible. Donne-moi juste un peu de temps et fais-moi confiance, d'accord ?

Il me sourit. "Je te fais confiance B, tu es le seul en qui j'ai confiance", dit-il en passant son bras autour de mon épaule et en me serrant fort.

«Dîner», appelle Laurie par la fenêtre de la cuisine.

"Allons-y, j'ai entendu dire qu'elle préparait un pâté chinois ce soir", dis-je, dans l'espoir de détendre l'ambiance.

Les yeux d'Alex s'écarquillent. « Elle prépare les meilleurs petits pains à la levure avec du pâté chinois », dit-il avant de rentrer en courant dans la maison.

Je prends mon sac à dos sur le banc et entre dans la maison après lui. Tous les enfants adoptifs de Laurie et Laurie sont déjà assis autour de la grande table ovale. Je m'assois et nous passons la nourriture en préparant nos assiettes. Je suis reconnaissant pour ce que Laurie a donné à Alex et au reste des enfants ici, mais il a raison. Ce n'est pas la même chose.

Une fois le dîner terminé, j'aide Laurie à servir du cordonnier aux pêches chaud avec de la glace à la vanille fondante à tout le monde à table. Je me rappelle à chaque instant que je ne peux en aucun cas donner à Alex ce genre de vie, pas maintenant en tout cas. Quelque chose doit changer, sinon ce sera ainsi jusqu'à ses dix-huit ans.

Après avoir enfilé mon uniforme de travail, une jupe ajustée noire moulante et une chemise boutonnée noire, je prends un autre bus. Dans le bus, je me suis maquillée et j'ai laissé tomber mes longs cheveux bruns. Juste avant que le bus ne s'arrête à mon prochain arrêt, j'échange mes Vans à enfiler contre une paire de talons noirs et je vaporise du parfum.

J'entre dans le Marquee Club, reconnaissant de pouvoir faire taire le bruit qui est ma vie chaotique. Ici, je peux me concentrer sur mon travail et servir l'élite d'Atlanta. Ici, je peux laisser ma réalité m'échapper et prétendre que je vis dans ce monde à la place.

J'ai commencé mon service depuis quelques heures lorsque j'apporte un verre à une femme qui se promène autour du bar sur le toit, se mêlant à plusieurs hommes beaux et bien habillés. Je ne peux m'empêcher de me demander qui elle est et ce qu'elle fait ici. Beaucoup de gens semblent la connaître et l'apprécier. Elle est bien habillée et pourrait avoir entre la fin de la trentaine et le début de la cinquantaine, et est habillée impeccablement.

« Merci », dit-elle en prenant une gorgée de son verre.

J'acquiesce avec un sourire. "Est ce que je peux te prendre autre chose?"

"En fait, asseyez-vous avec moi."

Je regarde autour de moi dans le bar en me demandant où est ma manager et si je devrais m'asseoir avec elle puisqu'elle l'a demandé ou si c'est mal vu.

« Ne t'inquiète pas, ta jolie petite tête. S'ils vous attaquent, dites-leur simplement que Madame Lillith vous l'a demandé.

"Madame?" Je demande.

Elle me regarde avec un sourire sournois sur le visage. "Oui chérie, Madame. Savez-vous ce qu'est une Madame ? » demande-t-elle en penchant la tête sur le côté.

"Ummm... je ne suis pas sûr," je hausse les épaules avec hésitation, même si je suis presque sûr que cela a à voir avec la prostitution ou quelque chose du genre. Mes joues brûlent d'embarras. Cela ne peut pas vraiment être une chose, n'est-ce pas ?

Madame Lilith rit. "Je pense que tu pourrais le faire, ma douce fille. Je possède et gère un service d'escorte d'élite pour les riches et les puissants.

Mes yeux s'écarquillent alors que je regarde autour de moi en me demandant si quelqu'un l'a entendue. Est-ce légal ? Elle le dit avec tellement de fierté que je doute qu'elle ait peur d'avoir des ennuis. « Oh », réussis-je à dire.

"Tu es très belle. Avez-vous déjà pensé à devenir vous-même escorte ? »

"Moi?" Je halete. Elle hoche la tête et me sourit avec indulgence alors que je secoue la tête non. "Non jamais."

"Voulez-vous?"

"Je – je – je ne serais pas doué pour ça," je marmonne.

"Pourquoi dites vous cela?" Elle demande.

"Je n'ai jamais... euh," dis-je en trébuchant dans mes mots avec un visage rouge cerise. "Je ne suis pas un ancien expérimenté."

"Es-tu en train de dire que tu es vierge, chérie?"

Suis-je sur une autre planète en ce moment ? Les étrangers ne vous demandent pas seulement si vous aimeriez être une escorte ou si vous êtes vierge, n'est-ce pas ? Je suppose que dans ce monde, c'est le cas.

"Peu importe, l'expression de ton visage me dit tout ce que je veux savoir." Dit-elle en me tapotant la main. « Écoutez, plusieurs fois par an, j'organise une vente aux enchères spéciale pour mes clients. Mes filles gagnent beaucoup d'argent, de l'argent qui change leur vie. Vous ressemblez au genre de fille qui pourrait bénéficier de ce genre d'arrangement.

"Que devrais-je faire?" Je demande, sachant déjà que ce sera quelque chose avec lequel je ne serai pas à l'aise. Mais elle a dit que de l'argent qui change ma vie et c'est exactement ce dont j'ai besoin en ce moment.

"Je vends aux enchères la virginité d'une fille."

"Tu quoi?" Je halete, attirant les regards interrogateurs de plusieurs clients. "Est-ce même légal?" Je demande à voix basse pour ne pas vouloir que quiconque m'entende.

Madame Lilith rejette la tête en arrière et rit. "Personne ne sera emprisonné pour cela si c'est ce que vous insinuez."

« Je ne sais pas quoi dire. Je dois aller vérifier mes autres tables, » je marmonne en m'éloignant.

Je laisse Madame Lilith et sa proposition folle pour un moment, aidant le reste de mes clients. Il y a tellement de monde qu'il me faut un peu de temps avant de pouvoir la recontacter et à ce moment-là, mon manager a déjà réglé sa note. La table est vide à l'exception du livre noir du serveur.

Quand je le récupère, je l'ouvre et je vois qu'elle m'a laissé un pourboire de cent dollars et sa carte. Au dos de la carte se trouve une note griffonnée dans une belle écriture.

Appelez-moi si vous voulez en savoir plus.

J'espère avoir de vos nouvelles bientôt.

- Madame Lilith

Je glisse la carte dans ma poche et passe le reste de ma nuit à me demander si je devrais accepter son offre.

Chapitre 2

Stefano Russo

Je vais voir mon père à son bureau. Il m'a appelé ce matin et m'a dit qu'il voulait me rencontrer pour discuter de sujets urgents, quoi que cela signifie. Je suis le bras droit de mon père depuis des années. Mon père, Antonio Russo, est à la tête de la mafia italienne dans le sud-est des États-Unis. Il possède un immense pouvoir qui me sera un jour transmis. Il me soigne depuis que je suis jeune, probablement trop jeune, pour lui succéder un jour.

Quand j'avais douze ans, il a commencé à m'emmener à ses réunions. J'ai vu de mes propres yeux les choses qu'il devait faire pour rester au pouvoir, la plupart du temps, elles n'étaient pas très gentilles. Être le chef d'une famille du crime organisé n'est ni agréable ni légal. L'une de ses règles qu'il nous a inculquées à mes frères et à moi, c'est que les femmes et les enfants sont interdits. Quoi qu'il arrive, les femmes et les enfants doivent être protégés et chéris.

Il a soixante-dix ans et je sais que mon heure approche. J'attends juste qu'il passe les rênes. Je suis plus que prêt, je le suis depuis quelques années maintenant.

J'entre dans le bâtiment où mon père fait toutes ses affaires, juridiques et autres, et je croise Victoria à la réception. Elle ronronne mon nom et me regarde pendant que je passe. "Entrez tout de suite, il vous attend."

Je ne la reconnais pas. Elle essaie de s'entendre avec moi depuis qu'elle a commencé à travailler pour mon père.

En entrant dans le bureau de mon père, je le trouve en train de regarder des documents à son bureau. Sa tête se redresse dès que j'entre. "Ferme la porte derrière toi."

En fermant la porte, je m'approche de lui alors qu'il se lève et lui fais un câlin. Il me tapote le dos puis se recule pour me regarder et me serre les épaules pendant qu'il me regarde. "Asseyez-vous Stefano."

Je m'assois sur une des chaises devant son bureau et il s'assoit devant moi. Il me regarde pendant très longtemps et je me demande si c'est finalement ça. Est-ce qu'il remet les rênes à la famille ?

«Stefano, je sais que tu attends depuis longtemps pour reprendre la famille, mais je ne peux pas te laisser faire. Pas encore."

"Pourquoi?"

« Je vais vous le dire clairement. Vous avez besoin d'une famille.

"J'ai une famille."

« Vous avez besoin de votre propre famille. Une femme. Un enfant. Quelque chose auquel vous pouvez vous accrocher. Quelque chose pour vous garder au chaud la nuit lorsque les ténèbres de notre monde s'insinuent et menacent de vous consumer.

"Je ne comprends pas."

« Le travail que nous faisons n'est pas pour les âmes sensibles. On se retrouve dans beaucoup de merde. Si tu veux diriger cette famille, j'ai besoin de savoir que tu resteras humain. Vous ne pouvez pas perdre votre âme et laisser cela devenir la seule raison pour laquelle vous vivez. Tu deviendras un monstre, et c'est quelque chose que je ne peux pas tolérer.

"Tu n'es pas un monstre."

«J'avais votre mère et vous, les enfants. J'avais une famille pour me garder humain, sans toi je ne serais pas l'homme que je suis aujourd'hui.

"Alors, que dites-vous? Si je ne trouve pas de femme, tu trouveras quelqu'un d'autre ? Je grogne.

« C'est exactement ce que je dis. Je vieillis, j'ai besoin de savoir que la personne à qui je confie ça peut le gérer.

"Je peux le faire!" Dis-je en posant ma paume sur son bureau.

Il secoue la tête. "Pas encore, tu ne peux pas."

« De combien de temps ai-je ? » Je demande entre les dents serrées.

« Vous avez besoin d'une femme et d'un enfant d'ici deux ans à compter d'aujourd'hui. Si tu ne le fais pas, je trouverai quelqu'un d'autre.

« Ce ne sera pas nécessaire. Je serai marié avant la fin du mois et elle sera accouplée lors de notre nuit de noces.

Il hoche la tête et je sors en trombe de son bureau. Victoria essaie de me parler en sortant, mais j'ignore son cul comme je le fais toujours. Puis je me fige à la porte. Elle pourrait être la réponse à mes problèmes. Ce ne serait même pas si difficile. Je parie qu'elle se marierait ce soir si je le lui demandais. L'idée d'écarter les cuisses et de la baiser fait monter la bile dans ma gorge. Elle circule parmi les hommes de la famille depuis un moment maintenant. Je n'épouserais jamais quelqu'un comme elle. Non, si je me marie, je vais m'assurer qu'elle est à moi et seulement à moi. Que sa chatte épouse la forme de ma bite et seulement de la mienne.

Je sors du bureau de mon père et monte dans mon Tahoe noir. Dès que je démarre mon camion, Luca m'appelle.

« Êtes-vous aux commandes maintenant ? »

"Non."

« Tu as l'air énervé. Qu'a t'il dit?"

"Il a dit que si je le voulais, je devais d'abord me marier et avoir un enfant."

Luca est silencieux, mais j'entends mon jeune frère Enzo se mettre à rire aux éclats.

"Ferme-la," je grogne.

« Il te connaît, n'est-ce pas ? Depuis combien de temps n'as-tu pas touché une femme ? Enzo rit.

« Va te faire foutre. Luca, j'ai besoin du numéro de Madame Lilith.

"Pourquoi? Elle gère un service d'escorte, pas une entreprise de mise en relation", demande Luca.

"J'ai entendu dire qu'elle était sur le point d'organiser sa vente aux enchères Virgin, je veux y participer", dis-je.

"Je vais demander son numéro à l'un des gars et je te l'enverrai", me dit Luca.

"Merci", dis-je avant de raccrocher.

Les hommes créés sont compliqués et avoir une relation avec une femme qui comprend notre vie peut être difficile. Parfois, il est plus facile de payer pour leur entreprise que de s'inquiéter d'essayer de faire taire une femme au hasard sur des choses qu'elle ne comprend pas. Madame Lilith est vers qui la plupart de nos lieutenants et capos se tournent lorsqu'ils ont besoin de quelqu'un pour les accompagner à un dîner important ou simplement de quelqu'un de propre avec qui passer du temps seul. Ses filles sont toujours professionnelles et les meilleures qui soient. Ils savent qu'il ne faut pas parler de tout ce qu'ils voient ou entendent lorsqu'ils sortent avec l'un des hommes de mon père. Maintenant c'est mon tour, mais je ne demande pas une nuit.

Dès que Luca m'envoie son numéro, je clique dessus pour appeler.

«Acquisitions vierges. Que puis-je réserver pour vous ce soir ? »

"Je dois parler avec Madame Lilith."

"Je suis désolé monsieur. Elle n'est pas disponible, que puis-je faire pour vous ? » demande la voix sensuelle à l'autre bout du fil.

« Dis-lui que c'est Stefano Russo. Je vous le garantis, elle répondra à mon appel, dis-je, pas d'humeur à déconner.

"Un instant", dit-elle en me mettant en attente.

Moins d'une minute plus tard, elle reprend la ligne. "Je transfère votre appel en ce moment, M. Russo."

"Merci."

"M. Russo, excusez Keely, elle a pour instruction de prendre des messages pour moi.

"Compris. Madame Lilith, je sais que nous ne nous sommes pas rencontrés officiellement, mais je sais de source sûre que vous avez travaillé avec un certain nombre d'hommes de mon père.

"J'ai. Mes filles prennent bien soin d'elles. Y a-t-il un problème ?"

"J'ai un problème et j'ai besoin que vous m'aidiez à le résoudre."

"Eh bien, que puis-je faire pour vous, M. Russo ?" Elle demande.

« J'ai besoin de trouver une femme, mais pas n'importe quelle femme. J'ai besoin qu'elle soit pure. J'ai entendu dire que vous organisiez une vente aux enchères spéciale une ou deux fois par an.

« Ahh, c'est ce que je fais. Mais je ne pense pas que ce soit ce que vous recherchez.

"Pourquoi donc ?" Je demande.

« Je ne vends pas de mariées, M. Russo. Ce serait illégal. Je vends leur virginité. Ce sont de bonnes filles qui ont besoin d'aide pour s'assurer un avenir meilleur que celui qui leur a été offert. Je leur donne l'opportunité de le faire tout en offrant aux hommes une opportunité unique. Cela profite à toutes les personnes impliquées.

« J'aimerais participer à la vente aux enchères, s'il vous plaît. Si je ne trouve pas de matériel pour ma femme, je n'enchérirai pas.

« Encore une fois, ce n'est pas pour... »

« Je ne veux pas être impolie Madame Lilith, mais je sais ce que je fais. Je saurai si et quand je la verrai si elle est la bonne pour moi. Je ferai en sorte que cela en vaille la peine, si je la trouve.

«Comme vous le souhaitez, M. Russo. Je vais demander à Keely d'envoyer l'information. La vente aux enchères est dans une semaine. Venez à l'adresse qui vous sera indiquée et attendez dans votre voiture. Quelqu'un viendra vous chercher au moment du début des enchères.

"Merci. J'ai hâte de travailler avec vous."

"Et moi toi", dit-elle avant de raccrocher.

Si je ne trouve pas de femme ici, je ne sais pas ce que je vais faire. Je ne cherche pas vraiment à sortir avec quelqu'un. Je n'ai pas le temps pour ça.

Chapitre 3

J'ai quitté le travail la nuit où j'ai rencontré Madame Lilith et je suis rentrée chez moi pour retrouver mes colocataires en train de faire la fête, encore une fois, complètement dévastés avec leur maison saccagée. Parce que je m'effondrais sur leur canapé, j'ai dû attendre que tout le monde parte et se couche avant de pouvoir nettoyer suffisamment pour m'endormir sur le canapé. J'ai rappelé Madame Lilith le lendemain et lui ai dit que je voulais entrer, même si j'avais l'impression d'accepter de vendre mon âme au diable.

Madame Lilith était gentille, mais qui peut dire que le sera l'homme à qui je vendrai ma virginité ? Lorsque j'appelle, elle m'explique le fonctionnement des enchères et tout ce que je dois faire en amont. Puis elle m'a dit de venir signer le contrat pour que tout soit en noir sur blanc. J'ai apprécié l'aspect business de tout cela. Cela me semblait moins personnel et me permettait de séparer cela de qui j'étais vraiment. Dans quelques jours, je serai bien mieux qu'aujourd'hui.

Hier a été définitivement l'un des jours les plus étranges de ma vie. Après avoir parlé à Alex et lui avoir assuré que les choses changeraient très bientôt, je me suis rendu à un rendez-vous chez le médecin. Ils m'ont fait un examen médical, puis un test Pap. C'était mon premier et je ne savais pas à quoi m'attendre, heureusement, ce n'était pas aussi grave que je le pensais. Madame Lilith m'a expliqué pendant que je signais le contrat que ce serait pour confirmer que j'étais bien vierge. Le médecin était gentil et ne m'a pas fait me sentir comme une poubelle comme je l'avais craint.

Ensuite, je suis allé à mon tout premier rendez-vous au spa. Pendant que j'étais là-bas, ils m'ont épilé de haut en bas, ce qui, pour quelqu'un qui n'a jamais fait ça, permettez-moi juste de dire que c'était une expérience. Ensuite, ils ont travaillé sur mes cheveux, en les coupant de quelques centimètres et en les colorant d'un brun plus riche qu'il ne l'est naturellement. Cela s'est avéré génial et j'aime la façon dont cela fait ressortir mes yeux. Après cela, ils m'ont donné un soin du visage, une manucure et une pédicure. Ils cochaient définitivement toutes les cases pour s'assurer que j'étais brillant et désirable pour celui qui me gagnerait aux enchères. En plus de me sentir comme un article à acheter qu'il était difficile de sortir de ma tête, c'était plutôt agréable de se faire dorloter pour une fois.

Quand j'ai eu fini au salon, ils m'ont envoyé dans un magasin de lingerie où Madame Lilith m'a fait essayer plusieurs ensembles de lingerie différents et m'a photographié dans chacun d'eux. Pour la première fois de ma vie, je me sentais sexy et belle. Je n'avais jamais porté d'aussi beaux sous-vêtements auparavant et cela m'a donné un peu de confiance dans ce qui allait bientôt se passer. Le moment le plus éloigné que j'ai jamais connu avec un garçon, c'est lorsque Todd Hillcrest m'a tenu la main dans le bus scolaire, en onzième année. Il est rapidement passé à quelqu'un qui lui donnerait bien plus que ce que je lui proposais. Je suis content d'avoir attendu.

Pendant la journée, j'ai vu quelques-unes des autres femmes qui allaient participer à la vente aux enchères avec moi. Ils avaient tous l'air aussi nerveux que moi, ce qui m'a permis de me sentir un peu mieux en sachant que je n'étais pas seul dans cette situation. Je n'ai jamais pensé aux autres femmes qui participeraient, mais je suppose que pour organiser une vente aux enchères, il faut plus d'un article à acheter. Toutes les filles de la vente aux enchères ont passé la nuit au manoir où nous nous sommes détendus et avons passé du temps ensemble, si nous le souhaitions, tout en prenant un bon repas. Quelques filles cherchaient quelque chose à boire qui calmerait leurs nerfs, mais selon le contrat, nous n'avons pas le droit de boire d'alcool dans les quarante-huit heures suivant l'acte. Je n'ai jamais été du genre à boire, donc cela ne m'a pas dérangé de toute façon, mais j'ai vraiment compris l'attrait. Au lieu de cela, j'ai pris un bain chaud pour calmer mes nerfs, mais cela n'a pas vraiment aidé.

Assises ici sur une chaise, les filles de Madame Lilith me coiffent et m'aident à me préparer pour la vente aux enchères. Ils ont appliqué plus de maquillage que ce que j'en porte habituellement, mais j'ai toujours l'air jeune. Je suppose que c'est ce qu'ils recherchent. Je porte une robe de chambre en soie rose clair par-dessus l'ensemble culotte et soutien-gorge en dentelle blanche que Madame Lilith a choisi pour moi de porter ce soir.

Je suis toujours accroché au fait que je vends une partie de moi-même que je ne récupérerai jamais. Ceci fait-il de moi une mauvaise personne ? Vais-je aller en enfer pour ça ? Il y a sûrement des choses pires que vous pourriez faire. Et quand je tomberai enfin amoureux, comment vais-je lui en parler sans qu'il me déteste pour ça ? Comment vais-je lui faire comprendre ? J'ai l'impression que je suis sur le point de gâcher le reste de ma vie, tout en essayant de la sauver. Quand tout commence à devenir trop difficile pour moi, je me dis comment cela va changer mon monde et celui d'Alex et bloquer le reste. Cela nous préparera pour la vie et je peux m'assurer qu'Alex soit pris en charge comme nos parents auraient dû le faire pour nous deux. Ils ne sont plus là donc maintenant c'est ma responsabilité.

Madame Lilith entre dans la pièce dans laquelle je me trouve avec les autres filles vendues aux enchères et me sourit alors qu'elle s'approche. "Comment vas-tu chéri?"

"Moi? Oh, je vais bien. Je mens.

Elle rit. « Tout ira bien. Je promets. Tous mes clients ont été examinés et connaissent les règles. Ils ont tous signé des contrats au préalable et s'ils le rompent, les conséquences seront graves. Croyez-moi, chère fille, vous serez bien pris en charge. Je ne t'enverrais jamais souffrir.

"Merci, Madame Lilith."

Madame Lilith vérifie sa montre et me sourit. "Es-tu prêt? Les enchères sont sur le point de commencer.

Je hausse les épaules. "Aussi prêt que je le serai jamais."

« Souviens-toi d'une chose Bianca, tu es la responsable. Vous n'êtes pas obligé de faire quelque chose que vous ne voulez pas faire. Ces hommes paient peut-être pour votre innocence, mais vous pouvez les faire travailler pour cela. Croyez-moi, ils adoreront la chasse.

"Tu es sûre ?" Je demande en me mordant la lèvre.

Elle me montre du doigt et sourit. "Faites ça, vous les rendrez tous fous."

Je secoue la tête et ris tandis que Madame Lilith se dirige vers une autre fille pour lui parler.

Un peu plus tard, toutes les filles sont alignées car la vente aux enchères approche à peine. Nous sommes tous dans une pièce en attendant que nos noms soient appelés. Une à une, les filles montent sur scène. Je suis surpris par la rapidité avec laquelle les enchères évoluent.

Quelques minutes plus tard, je suis au premier rang et j'attends qu'on m'appelle. Oh mon Dieu, puis-je faire ça ? «Bianca Amato» est appelée à l'interphone et mes yeux s'écarquillent. Est-ce que cela se produit réellement ? Tout d'un coup, j'ai envie de pleurer et de sortir de la pièce en courant. Mais je suis arrivé jusqu'ici, partir n'est pas vraiment une option. Je me rappelle pourquoi je fais ça et je prie Dieu que cela ne se passe pas terriblement.

«C'est toi, chérie», dit l'une des filles de Madame Lilith en désignant la porte qui me mènera à la scène.

Hochant la tête, je sors et passe le rideau pour entrer sur scène. Les lumières vives brillent sur mon visage, ce qui m'empêche de voir devant moi. Un canapé luxueux est sur scène, mais je suis trop nerveux pour m'asseoir. Au lieu de cela, je marche lentement, face aux lumières. Je passe ma main sur le dossier du canapé, me mordant la lèvre inférieure, essayant d'avoir l'air sexy.

"L'enchère de départ est d'un million de dollars", déclare l'annonceur par interphone. Dès qu'il le fait, je trébuche sur mes talons, trébuchant sur mes pieds. Dieu merci, je m'accroche au dossier du canapé et je parviens à me redresser rapidement.

"Cinq millions."

Mon cœur bat si vite que je jure qu'il est sur le point de sortir de ma poitrine.

"Dix millions."

Que diable ? Qui veut ma virginité à ce point qu'il est prêt à payer une fortune pour l'obtenir ? Madame Lilith a raison, l'argent qui change la vie.

"Vingt-cinq millions", j'entends le présentateur dire, puis je m'arrête un instant. "J'y vais une fois, j'y vais deux fois, vendu." Il crie.

Tout arrive si vite. Je viens de vendre ma virginité pour vingt-cinq millions de dollars en trente secondes. Je quitte la scène en titubant et me dirige vers les coulisses où l'une des filles qui m'aidaient à me préparer me sourit. "Félicitations Bianca", dit-elle en m'aidant à enfiler ma robe de soie.

Je le serre bien autour de moi et le ferme tandis que Madame Lilith s'approche de moi avec une enveloppe.

"Voilà, chérie", dit-elle en me tendant une enveloppe.

Je l'ouvre et lis la carte. "Dix-huit millions de dollars?" Je halete, puis je me couvre la bouche. "Cela ne peut pas être vrai?" Je demande en regardant Madame Lilith.

Elle sourit. "Il a payé un supplément pour te ramener à la maison ce soir."

« Il me ramène chez lui, chez lui ? Ce soir?"

«C'étaient ses souhaits. Maintenant, rappelez-vous, c'est vous qui fixez les règles, vous avez le contrôle.

J'acquiesce.

"Viens avec moi, je vais t'emmener à sa voiture."

"Et mes affaires?" Je demande, regardant par-dessus mon épaule en me demandant ce que je suis censé faire.

"Il est en train d'être chargé dans sa voiture au moment où nous parlons."

J'enroule mes bras autour de ma taille et j'acquiesce. Je n'ai jamais été aussi nerveux qu'en ce moment. J'espère juste qu'il est gentil.

Chapitre 4

Stefano

Comme Madame Lilith l'avait promis, Keely envoya le contrat et les détails de l'enchère. Je les ai parcourus avec Luca, mon jeune frère et mon avocat de la famille. Il s'est assuré que je connaissais les détails importants, même si je pouvais dire qu'il pensait que j'étais stupide. Je ne peux pas lui en vouloir, trouver une femme comme celle-ci n'est pas traditionnel, mais je n'ai pas le temps de tomber amoureux comme l'ont fait notre mère et notre père. Bon sang, je ne sais même pas si je peux aimer quelqu'un comme mon père aime ma mère. Au plus profond de mon âme, j'espère qu'il y a quelqu'un pour moi et je prie pour qu'elle soit à la vente aux enchères parce que je ne me marie qu'une seule fois.

Hier, un messager a livré le catalogue des femmes mises aux enchères. Je l'ai laissé sans ouverture sur mon bureau pendant des heures jusqu'à ce que tout le monde soit rentré chez soi pour la nuit et qu'il n'y ait plus que moi et une bouteille de Macallan. J'ai desserré ma cravate et vidé mon verre avant de me servir un autre verre et d'ouvrir le catalogue.

J'ai feuilleté plusieurs pages sans rien voir qui piqué mon intérêt jusqu'à ce que j'atterris sur elle et que ma bite prenne vie. "Bianca", murmurai-je, essayant son nom sur ma langue tout en traçant la courbe de sa hanche sur la page. Putain. C'est une petite chose, avec de longs cheveux bruns et des yeux bleus que je pourrais regarder pendant des jours. Elle porte un ensemble soutien-gorge et culotte en dentelle blanche qui sont plus innocents que ceux que portent certaines autres femmes. Je jure devant Dieu qu'elle ressemble à un ange. J'arrache sa page du catalogue et je jette le livre dans la cheminée allumée. Je n'en aurai plus besoin. Bianca sera à moi.

J'appelle Enzo et lui demande de vérifier les antécédents de Bianca et je lui dis de tout me transmettre dès qu'il le découvrira. Au moment où je rentre à la maison, j'ai son dossier dans mon courrier électronique que je peux parcourir. J'ai mal au cœur à cause de ce qu'elle et son frère ont dû endurer ces derniers mois, et je promets d'améliorer leur situation. J'espère juste qu'il ne lui faudra pas trop de temps pour accepter l'idée de moi comme son mari, car attendre va être une épreuve pour ma patience, dont je n'en ai aucune.

Maintenant, je suis assis dans une pièce et je regarde la vente aux enchères sur un grand écran. Les premières femmes montent sur scène pendant que j'attends, pas si patiemment, que Bianca y mette les pieds. Puis son nom est appelé et la déesse elle-même entre sur scène. Ma bite est plus dure que le granit alors qu'elle se dirige lentement vers le canapé. Lorsque la première enchère est annoncée, ma petite déesse trébuche. Putain, elle est adorable. Après la troisième offre, à dix millions de dollars, j'en ai assez. Je déteste que tant d'hommes l'aient vue ainsi exposée.

« Vingt-cinq millions. Et si un autre enfoiré enchérit sur elle, sachez que je le surpasserai.

J'entends l'annonceur lancer les dernières enchères avant d'annoncer que j'ai gagné. Bien sûr, j'ai gagné. Perdre n'était pas une option.

Je regarde la tête hors de la pièce et vois une des femmes dans le couloir. "Je dois te parler, maintenant."

« Oui, M. Russo. Que puis-je faire pour vous?" Elle demande.

« Je n'attends pas vingt-quatre heures avant de la réclamer. Que dois-je faire pour la ramener à la maison ce soir ?

« Un instant, je vais voir ce que je peux faire », sourit-elle et passe un coup de fil.

Une minute plus tard, elle revient vers moi. "Si vous souhaitez payer un supplément, il ira directement à Bianca et vous pourrez partir avec elle dès maintenant."

"Parfait."

Dix minutes plus tard, je suis à l'arrière de ma voiture de ville et j'attends que Bianca sorte du manoir. Ses affaires viennent d'être rangées dans le coffre de la voiture et je suis assise ici comme une adolescente nerveuse. Les seules personnes qui savent ce que je fais sont Luca et Enzo.

Je suis sûr que ma mère et mon père le sauront bien assez tôt puisque personne ne peut rester tranquille dans cette foutue ville. La porte du manoir s'ouvre et Madame Lilith sort avec son bras passé autour de ma femme qui porte une robe rose pâle qui ne cache en rien son corps parfait. Incapable d'attendre plus longtemps, j'ouvre la portière et sors de la voiture.

Bianca s'arrête aussitôt que je sors de la voiture. En commençant par mes pieds, elle scrute mon corps jusqu'à ce qu'elle s'arrête à mes yeux et m'étudie. Je ne sais pas à quoi elle s'attendait, mais je jure que je la vois me regarder avec appréciation avant que Madame Lilith ne la pousse gentiment à avancer.

Je marche vers eux, les rencontrant à mi-chemin. Je prends la main de Bianca et la porte à mes lèvres, déposant un baiser sur le dessus de sa main. "Viens, nous avons beaucoup de choses à discuter." Ses sourcils se froncent alors qu'elle me regarde avec confusion puis se tourne vers Madame Lilith qui lui sourit simplement avec indulgence. "Madame Lilith, merci pour votre aide", lui dis-je.

Elle acquiesce. « Bien sûr, je doute que vous ayez besoin de mon aide à l'avenir. Mais si vos frères ont besoin de mon aide, n'hésitez pas à me les envoyer », fait-elle un clin d'œil. Puis elle se tourne vers ma future épouse. «Bianca, ce fut un plaisir de te rencontrer, ma chère. Je vous souhaite tout le meilleur », dit-elle en embrassant ma femme sur la joue. Un instant plus tard, elle s'éloigne et remonte le chemin jusqu'à la porte d'entrée du manoir.

"Nous devrions y aller", dis-je en tendant mon coude pour qu'elle prenne mon bras.

Bianca penche la tête et me regarde pendant un moment avant de passer son bras sous le mien. Je nous raccompagne à la voiture de ville et lui ouvre la portière pour qu'elle puisse monter. Une fois qu'elle est installée, je ferme sa portière, je fais le tour de l'autre côté et je monte.

"Gio, ramène-nous à la maison", dis-je à mon chauffeur de longue date.

"Oui, M. Russo", dit-il en quittant la propriété.

Le retour à la maison se déroule tranquillement, Bianca étant assise aussi loin de moi que possible. Je peux sentir à quel point elle est nerveuse même avec les deux pieds d'espace qu'elle met entre nous alors qu'elle serre son côté de la voiture dans ses bras. Je déteste qu'elle ressente cela, mais cela ne fait que montrer à quel point elle est pure et innocente.

Gio s'arrête chez moi et saisit un code au portail avant qu'il ne s'ouvre et il passe. Elle se referme derrière lui tandis qu'il remonte la longue allée et se gare devant la maison. Il sort et ouvre ma porte dès que nous sommes garés.

« Merci, Gio. Je vais ouvrir sa porte et nous voir à l'intérieur. S'il vous plaît, mettez ses affaires dans mon bureau », lui dis-je.

"Oui Monsieur."

En faisant le tour de l'arrière de la voiture, je prends une profonde inspiration et ouvre sa portière. Elle me regarde comme si j'étais la Bête, elle était la Belle et je m'apprêtais à l'emprisonner dans mon château. Elle a un bon instinct. En tendant la main, je la lui offre. Avec hésitation, elle place sa paume dans ma main et je la sors de la voiture, puis j'enroule mon bras autour de sa taille, la tenant près de moi. «Bienvenue à la maison, Bianca », je murmure à son oreille avant de la faire monter les marches de notre maison.

"Maison?" » Elle le demande, plus pour elle-même que pour moi, alors je l'ignore.

Une fois à l'intérieur, je les accompagne dans le salon où un feu brûle déjà dans la cheminée.

« Asseyez-vous, Bianca. Puis-je t'apporter quelque chose à boire ?

Elle secoue la tête en me regardant.

"S'il vous plaît, asseyez-vous", dis-je en désignant le canapé devant la cheminée.

Me faisant un sourire nerveux, elle s'assoit.

Je me dirige vers le bar et verse un verre de scotch dans un verre en cristal avant de revenir à ses côtés et de m'asseoir à côté d'elle.

"M. Russo, je... »

« Bianca, tu m'appelles Stephano.

« D'accord, Stéphano. Je suis un peu confus. Je pensais que nous étions censés être... »elle rougit en hésitant.

"Putain de?" Je demande sans détour, voulant voir jusqu'où ira son rougissement.

Elle s'éclaircit la gorge alors qu'elle regarde ailleurs que moi. "Oui."

"Regarde-moi, Bianca."

Ses yeux se tournent immédiatement vers les miens. "J'ai payé pour ta virginité, mais je ne la prendrai pas ce soir."

"Je ne comprends pas. Madame Lilith a dit que ce ne serait qu'une nuit.

« Madame Lilith aurait peut-être besoin d'un meilleur avocat pour relire ses contrats parce que le mien a trouvé une faille. Tu es à moi jusqu'à ce que j'aie pris ton innocence.

"Je suis désolé?" Ses yeux brillent de colère. « Voulez-vous que je reste ici jusqu'à ce que j'aie rempli mon obligation envers vous ? »

J'acquiesce. "C'est exactement ce à quoi je m'attends."

Elle se lève et pose les mains sur ses hanches évasées. "Ce n'est pas comme ça que ça est censé fonctionner", grogne-t-elle comme une lionne sexy. Elle n'a aucune idée de ce qu'elle me fait.

Je lève les mains en signe de reddition tout en souriant. "Vous avez signé le contrat, je vous demande simplement de respecter votre part du marché."

Je sais que j'ai l'air d'un connard complet en ce moment, mais je ne la prendrai pas comme ça. Est-ce que je la veux nue, étalée sur mon lit ? Bien sur que oui. Mais je veux qu'elle soit volontaire, plus que volontaire, je veux qu'elle ait besoin que je le prenne, qu'elle me supplie de la réclamer.

"Pourquoi ne faisons-nous pas ça maintenant?" Elle grogne.

"J'ai mes raisons."

"Eh bien, merci, capitaine évident, d'avoir été si éclairant, vous voulez en informer la classe ?"

Jésus, elle est un spectacle. J'adore la voir excitée comme ça. Avant que je puisse la mettre à l'aise, un bâillement s'échappe de ses lèvres charnues. Elle se couvre la bouche alors qu'un autre bâillement apparaît.

"Il est tard. Allons au lit, Belle, dis-je en me levant et en posant mon verre.

Bianca croise les bras et regarde autour de lui. « Et si je ne veux pas rester ?

« Vous êtes libre de partir, mais si vous franchissez la porte, l'accord est rompu. Vous renoncez à la vente et vous retournez vivre avec vos colocataires pendant que votre frère reste en famille d'accueil.

« Comment sais-tu tout cela ? »

« J'ai fait mes recherches, Beauté. Dès que je t'ai vu, j'ai eu besoin de savoir tout ce que je pouvais.

"Alors tu sais pourquoi j'ai besoin d'argent, pourquoi j'ai fait ça?" » Demande-t-elle, semblant à la fois frustrée et soulagée.

"Je fais."

Prenant une profonde inspiration, elle hoche la tête. "Bien. Je resterai jusqu'à ce que j'aie respecté ma part du marché, mais ensuite je m'en irai.

"Bien, maintenant allons au lit", dis-je en pressant ma main contre le bas de son dos et en la guidant vers l'avant. Je la conduis dans le couloir jusqu'à ma chambre principale, où une nuisette en soie blanche est posée sur le lit pour qu'elle puisse s'y glisser.

"C'est pour toi", dis-je en le ramassant sur le lit et en le mettant entre ses mains. "Tu peux te changer là-dedans", dis-je en hochant la tête vers la porte ouverte de la salle de bain.

Hochant la tête, elle s'éloigne, fermant la porte une fois à l'intérieur.

Chapitre 5

Bianca

Je ne connais pas le nom d'une marque de mode fantaisie, mais j'ai l'impression que cette nuisette en satin est haut de gamme. Maman et papa ont acheté tous nos vêtements d'occasion ou chez Walmart, donc c'est presque trop agréable à enfiler. En tirant sur la cravate de ma robe, elle s'ouvre et je me regarde dans le miroir. Suis-je censé laisser mon soutien-gorge et ma culotte ou dois-je les enlever ? Je repense à ce que Madame Lilith m'a murmuré à l'oreille avant de me laisser avec Stephano. "Vous avez le contrôle."

Je me moque. Je n'ai aucun contrôle ici. Je suis au gré de cet homme. Pourquoi diable veut-il étendre ça ? En soupirant, j'enlève mon peignoir et décroche mon soutien-gorge, les plaçant tous deux sur le comptoir en marbre de la salle de bain. Je passe la nuisette en satin par-dessus ma tête et la laisse couler sur moi. C'est si doux et joli et se termine juste en dessous de mes fesses. La nuisette me va parfaitement, tellement parfaite que je me demande comment il connaissait ma taille.

L'homme est un mystère, et ce n'est pas du tout ce que j'attendais de lui. Quand je l'ai vu sortir de la voiture de ville ce soir, j'ai été abasourdi. Il était plus jeune que je ne l'avais imaginé et si beau dans son coûteux costume sombre et sa chemise blanche boutonnée. Ses cheveux foncés sont coupés courts sur les côtés et un peu plus longs sur le dessus. Il a une barbe courte, j'adorerais y passer mes doigts, ne serait-ce qu'une seule fois. Il est grand, probablement près de six pieds et demi, et musclé, d'après ce que j'ai pu voir à travers son costume. L'homme n'a pas besoin d'acheter des femmes, il pourrait les obtenir facilement. Alors je me demande pourquoi il m'a acheté ?

Quand je me regarde dans le miroir, mes mamelons sont durs et faciles à voir à travers le tissu fin de ma nuisette, alors j'enfile ma robe et porte honteusement mon soutien-gorge dans mes mains. Quand j'ouvre la porte, Stephano est assis sur le bord du lit, sa veste de costume enlevée et sa chemise déboutonnée. Mes yeux sont attirés par sa poitrine bronzée musclée et les éclaboussures de poils recouvrant ses pectoraux. Dès que j'entre dans la pièce, il lève les yeux et je me sens comme un cerf attrapé par un chasseur alors qu'il me regarde, prêt à m'attraper. Je me fige, ne sachant pas quoi faire ou dire ensuite.

Il se lève et me tend la main. "Viens, Beauté."

"Où dois-je mettre ça?" Je demande, les joues rouges.

« Je vais le prendre », dit-il en le prenant des mains et en le mettant sous son bras pour le moment. Il me guide vers le côté du lit où les draps et la couverture ont déjà été baissés. La prochaine chose que je sais, Stephano, c'est de m'aider à retirer ma robe. Je l'entends inspirer brusquement derrière moi et marmonner quelque chose dans sa barbe alors que je m'assois et balance mes pieds dans le lit en attendant quoi faire ensuite.

"Allonge-toi, Belle."

Je descends pour pouvoir poser ma tête sur l'oreiller, puis il attrape le drap et la couverture et les tire par-dessus mon menton. Il éteint la lampe de la table de nuit et la pièce s'assombrit, puis se penche et m'embrasse sur le front. "Repose ma petite beauté."

Puis je l'entends sortir de la pièce et fermer la porte, la laissant entrouverte pour qu'un éclat de lumière entre. Je me retourne et me retourne pendant les minutes suivantes, essayant de me mettre à l'aise. Cela fait des mois que je n'ai pas dormi dans un lit, et je n'ai jamais dormi dans un lit aussi agréable que celui dans lequel je suis allongé maintenant, avec des draps et des couvertures probablement aussi haut de gamme que ma nuisette. Finalement, je m'endors.

* * *

Je me réveille au milieu de la nuit et je le sens dormir dans mon dos, me serrant contre lui. Un de ses bras repose sur mon ventre, tandis que son genou est poussé entre mes cuisses. Qu'est-ce que je suis supposé faire? Je n'aurais jamais pensé qu'il coucherait avec moi après avoir dit que nous ne ferions pas l'amour ce soir. A-t-il changé d'avis ? Est-ce qu'il le veut maintenant ? Est-ce que je le veux ? Je ne m'attendais jamais à être attirée par l'homme qui a acheté mon innocence, et encore moins à vouloir qu'il me la prenne, mais me voilà avec lui blotti contre moi au milieu de la nuit et ce n'est pas affreux. En fait, c'est plutôt sympa. Aussi étrange que cela puisse paraître, je me sens protégé par lui.

Je n'ai aucune idée de qui est Stephano Russo, mais je sais qu'il est puissant. Cela se voit au regard des gens avec qui il entre en contact et au respect qu'ils lui témoignent lorsqu'ils lui parlent.

En déplaçant mes jambes, je me blottis dans l'oreiller et finis par frotter mes fesses contre le devant de Stephano. Oh mon Dieu, c'est sa queue que je sens pressée contre moi ?

Stephano me saisit la hanche, m'immobilisant. « Installez-vous », grogne-t-il d'une voix chargée de sommeil.

En essayant de « m'installer », je finis par bouger à nouveau et il grogne, comme un putain d'ours, et glisse sa main sous ma nuisette, prenant un de mes seins en coupe. "Beauté, je suis à cinq secondes de te baiser à un pouce de ta vie, alors arrête de bouger ton petit cul parfait et va dormir."

Lorsqu'il éloigne sa main de mon sein, elle effleure mon mamelon de la bonne manière, me faisant gémir.

« Jésus-Christ, Beauté », dit-il. « Avez-vous déjà été touché ? »

Je secoue la tête. "Jamais."

Le silence est assourdissant. J'ai peur d'avoir dit quelque chose de mal, mais je sens ensuite ses doigts effleurer ma cage thoracique alors qu'il tient mon sein dans sa main. "Je suis le premier homme à te toucher ici?" Il demande.

"Oui," je murmure.

Il embrasse ma nuque et des papillons éclatent en mon milieu. En massant ma poitrine, il pince mon mamelon tout en laissant des baisers bouche bée contre mon cou. Ma chatte commence à palpiter de besoin, palpitant à chaque caresse de sa main contre ma peau. Je frotte mes fesses contre son devant et il gémit, enfonçant sa bite dure entre mes joues.

Puis sa main descend, effleure mon ventre et descend plus bas. Ses doigts glissent juste sous la bande de ma culotte, me taquinant. Ma chatte palpite encore plus qu'avant et commence à me faire mal, ayant besoin d'être touchée.

"Stephano, s'il te plaît," je marmonne.

"Quelqu'un t'a déjà touché ici ?" » demande-t-il d'un ton guttural.

"Non", je gémis à bout de souffle.

Il abaisse sa main, effleurant mes lèvres nues avec ses doigts. "Et personne d'autre que moi ne le fera jamais", grogne-t-il à mon oreille.

Je me retourne, ayant besoin de plus que ça, ayant besoin de plus de sa part. Quand je le fais, je regarde ses yeux sombres et intenses.

Chapitre 6

Stefano

Au moment où elle se retourne pour me faire face et me regarde dans les yeux, je sais. De chaque fibre de mon être, je sais qu'elle est à moi et qu'elle le sera toujours. J'ai su quand j'ai vu sa photo que je voulais qu'elle soit à moi, que j'avais envie d'elle comme aucune autre femme que j'ai jamais eue. Mais l'avoir ici, dans mon lit, dans mes bras, j'en suis sûr. Bianca Amato changera son nom de famille pour Russo dès que je pourrai l'en convaincre.

Elle n'a aucune idée de ce dont son corps a besoin, juste qu'elle a besoin de moi pour tout améliorer et éliminer la douleur. Je ne la baiserai pas ce soir, mais je vais lui faire se sentir mieux. Ses lèvres charnues sont trop tentantes pour y résister. Je capture ses lèvres dans un baiser qui nous laisse tous les deux désireux d'en savoir plus. Ma langue glisse à l'endroit où ses lèvres se rencontrent et plonge en elle. Putain, je n'ai jamais autant désiré quelqu'un qu'elle. Bianca cède magnifiquement au baiser alors que je glisse mes doigts entre les lèvres de sa chatte mouillées et dégoulinantes et que je trouve son petit clitoris gonflé. Au moment où un de mes doigts effleure son clitoris, elle crie. À l'aide de deux doigts, je frotte des cercles dans et autour de son clitoris, la rendant absolument folle. Elle se heurte à moi, alors qu'elle s'accroche à mon bras et commence à glisser sa chatte contre moi.

"Stefano", gémit-elle.

"Laisse faire ça, Beauté. Viens sur mes doigts comme une gentille fille," je gémis et la regarde se briser contre mes doigts. Lorsque son orgasme s'apaise, je la regarde se détendre contre les oreillers et avoir un air rêveur sur son visage. Je retire ma main de sa culotte et aspire mes doigts dans ma bouche, pour avoir un premier aperçu d'elle. Putain, elle est douce comme un putain de bonbon.

"Et toi?" Elle demande.

"Et moi?" Je relève un sourcil en la regardant.

"Tu n'as pas eu d'orgasme."

"Je suis un homme adulte, Beauty. Je me bats la bite sous la douche tous les matins. Je pense que je peux supporter de ne pas venir cette fois-ci.

"Oh," dit-elle en se mordant la lèvre inférieure.

J'écarte quelques cheveux de son visage et embrasse doucement ses lèvres. "Pouvez-vous vous endormir maintenant?"

Elle hoche la tête et se retourne sur le côté pour que nous nous touchions à peine.

Ouais, ça ne marchera pas pour moi. "Amène ton cul par ici", je grogne en la tirant contre moi.

Une fois que j'entends ses petits ronflements frapper mes oreilles, je peux me détendre. La nuit a été longue et demain ne sera pas plus facile. J'ai pour mission de faire en sorte que Bianca tombe amoureuse de moi.

* * *

Cela fait trois semaines que j'ai ramené Bianca à la maison. Durant cette période, j'ai beaucoup appris sur elle, des choses que je n'aurais jamais apprises grâce au dossier qu'Enzo m'a envoyé. Comme si elle détestait les films Hallmark mais adorait les comédies ringardes. Elle est une féroce compétitrice de jeux de société et se fiche du sport. Elle a également appris à bien connaître ma famille pendant cette période, se rapprochant particulièrement de ma mère et de ma petite sœur Elena.

Pendant la journée, elle n'est pas ouvertement affectueuse envers moi, mais quand je la réveille au milieu de la nuit, nous explorons le corps de chacun et trouvons de nouvelles façons de nous faire plaisir.

Je crains d'avoir mal agi, mais je ne sais pas comment y remédier. Toute ma famille sait désormais comment Bianca est arrivée chez moi, même si nous n'en parlons jamais autour d'elle. Personne n'oserait manquer de respect à ma future épouse. Non pas qu'ils veuillent lui faire du mal, elle est aussi douce que possible et convient parfaitement à notre famille.

Ce matin, Bianca a été distante, plus que d'habitude et ça m'énerve. Chaque fois que j'essaie de lui parler, elle m'ignore ou me donne des réponses en un seul mot. Après tout ce temps, j'espérais que nous serions sur le point de nous marier, peu importe ce que nous faisons.

En m'approchant derrière l'endroit où elle est assise sur le canapé en train de lire, je commence à lui masser les épaules, mais elle s'éloigne de moi et continue de lire.

"Qu'est-ce qui t'arrive ?" Je craque, n'ayant pas l'intention de lui parler de cette façon, mais ma frustration déborde.

«Rien», dit-elle sans lever les yeux de son livre.

Quand une femme ne dit rien, elle ne veut rien dire. "Bianca, dis-moi ce qui ne va pas pour que je puisse le réparer."

Elle pose son livre et me regarde, scrutant mon visage. « Combien de temps comptez-vous me garder ici ? »

Wow, je ne m'attendais pas à ça. "Ai-je fait quelque chose qui te rend malheureux?"

« Tu m'as très bien traité, Stefano. Mais je veux savoir quand je pourrai continuer ma vie.

Ses paroles me transpercent le cœur. « Qu'est-ce qui a provoqué tout cela ? » Je demande, mon esprit étant ébranlé par la façon dont elle semble froide et distante.

« Cela n'a jamais été l'accord prévu le soir de notre rencontre. C'était censé être une soirée où nous dormions ensemble et c'était tout. Tu as utilisé une échappatoire pour me faire rester, mais je ne sais même pas pourquoi. Cela n'a aucun sens. »

"Qu'est-ce qui n'a pas de sens ?" Je grogne en faisant les cent pas devant elle.

« Pourquoi amènes-tu ta famille et me traites-tu comme si j'en faisais partie ? Pourquoi as-tu été si gentil avec moi et m'as-tu gâté avec de beaux vêtements et des choses que je n'aurais jamais pu m'acheter auparavant ? Pourquoi me touches-tu la nuit sans jamais aller plus loin ? Quelle est la raison de tout cela, Stefano ? J'ai besoin de savoir!"

« Parce que je… » Mon téléphone sonne avant que je puisse terminer ma pensée. En vérifiant, je vois que c'est mon père qui appelle.

"Bonjour?" Je réponds.

"Stefano, mets ton cul ici. Quelqu'un vient de tendre une embuscade à certains de nos gars.

Merde. Même si j'ai envie de lui demander d'appeler Enzo ou Luca, je ne peux pas. Je suis sur le point de le remplacer et cela signifie que ces choses vont forcément arriver et c'est moi qui dois les gérer, peu importe ce qui se passe à la maison. "Je serai là." Je lui dis et mets fin à l'appel.

"Je dois aller travailler."

"Tout de suite?" demande Bianca en me lançant un regard incrédule.

J'acquiesce. « Nous terminerons cette conversation à mon retour. Si tu as besoin de quoi que ce soit, appelle ma mère ou Elena. Je dis et j'embrasse le haut de sa tête alors que je me dirige vers notre chambre pour me préparer. Quand je repars, Bianca se remet à lire son foutu livre.

"Je reviens dès que possible."

"Mmm hmm", murmure-t-elle sans me regarder.

Je sors de la porte et la claque, énervé et prêt à exprimer ma frustration sur la prochaine personne qui m'énerve. De préférence les connards qui pensaient pouvoir embêter ma famille.

Chapitre 7

Bianca

Cela fait plus de six heures que Stefano est parti en claquant la porte derrière lui. Il n'est jamais parti aussi longtemps et je commence à m'inquiéter. Bon sang, j'étais inquiet une heure après son départ.

J'appelle Mme Russo pour savoir si elle a entendu quelque chose.

"Bonjour ?"

"Oh bien, tu es debout. Je pensais que tu dormais peut-être.

« Bien sûr, je suis debout, chérie. Je ne dors pas tant que mon mari n'est pas à la maison, en sécurité dans son lit.

Ouais, je connais ce sentiment. « Avez-vous de leurs nouvelles ?

"Je suis désolé. Quand il se passe des choses, mes garçons se taisent jusqu'à ce que les affaires soient réglées.

"Droite."

"Si j'entends quelque chose, je t'appellerai, d'accord ?"

«Merci Mme Russo. Je suis sûr que tout va bien, il n'est jamais parti aussi longtemps auparavant et je commence à m'inquiéter.

"Tu l'aimes, c'est tout naturel."

"Je ne... je veux dire, je... nous nous sommes rencontrés il y a juste quelques semaines."

« Mia Cara, ma chérie, je vois la façon dont tu regardes mon fils quand personne ne te regarde. Comment tu t'accroches à chaque mot quand il parle. Vous ne voulez peut-être pas vous l'admettre, mais vous l'aimez.

« Ce n'est pas ce que vous pensez, c'est Mme Russo. Je ne suis pas fait pour votre fils.

"Pourquoi, à cause de la façon dont il t'a rencontré?" Elle demande.

"Il t'a dit?" Je halete, me sentant plus que gêné qu'elle le sache.

Elle rit. « Les choses dans la famille ne restent pas longtemps secrètes. Je ne suis peut-être pas d'accord avec la façon dont tout s'est passé, mais je comprends pourquoi vous avez fait ce que vous deviez faire, tout comme lui a fait ce qu'il devait faire.

"Que devait-il faire?" Je demande.

«C'est quelque chose dont vous devez lui parler. Donnez-lui simplement une chance de s'expliquer.

"Je vais."

"Bien, maintenant je vois Antonio entrer. Stefano devrait bientôt être à la maison. Bonne chance, mia cara", dit-elle avant de raccrocher.

Stefano entre une heure plus tard. À ce stade, je suis à la fois énervé et inquiet, mais dès que je vois un nez cassé et un œil au beurre noir, tout cela n'a plus d'importance.

Je saute du canapé et vais vers lui, inspectant son visage. "Ce qui s'est passé?" Je demande.

"J'ai dû donner une leçon à certains connards." Il grogne sans me regarder.

En attrapant son menton, je tourne son visage et lui fais me regarder. "As-tu?"

"Ouais, tesoro, je l'ai fait," dit-il en adoucissant sa voix.

"Bien, va t'asseoir sur le canapé."

En entrant dans la cuisine, je remplis un sac en plastique de glace et l'enveloppe dans un torchon propre avant de revenir vers lui et de le presser contre son visage.

Il prend la glace et je me dirige vers le bar, lui verse son verre de scotch préféré et le lui apporte.

"Merci", dit-il, puis il boit le shot d'un seul coup, puis pose le verre sur sa cuisse tout en regardant le feu qui brûle.

Après que le silence soit resté trop longtemps, je brise le silence. "J'ai appelé ta mère ce soir."

Il me regarde. "Vraiment?"

J'acquiesce. «Je commençais à m'inquiéter. Tu n'es jamais parti aussi longtemps auparavant.

« Nous n'avons pas beaucoup parlé de mon travail, mais je vous promets de vous en dire plus à l'avenir. Après... »

« Après, dites-moi pourquoi vous deviez aller chez Madame Lilith.

Ses yeux se tournent vers les miens et m'étudient. "À qui as-tu parlé ?"

«Je te l'ai dit, ta mère. Elle ne m'a rien dit, juste qu'elle savait que j'avais une raison d'être à la vente aux enchères, tout comme vous. Quelle était cette raison, Stefano ?

"Tu ne vas pas aimer ça", soupire-t-il.

Un creux se forme dans mon estomac. "Essaie-moi."

« Une semaine avant la vente aux enchères, mon père m'a appelé dans son bureau et m'a dit que si je voulais prendre sa place, je devais me marier et fonder une famille. Quelque chose à ce sujet m'apaise et me garde sain d'esprit. Je n'avais pas été avec une femme depuis des années et les femmes qui étaient là n'étaient pas le genre de femmes dont je pouvais faire une épouse. Je ne cherchais peut-être pas de femme, mais je savais ce que je voulais si jamais je la rencontrais.

"Et cela vous amène à Madame Lilith, comment ?"

« Elle dirige un service d'escorte. Beaucoup de mes hommes font appel à ses services et j'ai entendu parler de ses enchères. Je savais que si jamais je faisais d'une femme ma femme, elle devrait être pure. Je ne pouvais pas être avec quelqu'un qui avait été touché par un autre, cela m'aurait rendu fou de savoir que quelqu'un d'autre t'avait touché. J'espérais que l'une des femmes qu'elle vendait aux enchères serait une bonne épouse.

"Donc je n'étais pas spécial à l'époque, juste une vierge qui n'avait pas été touchée par un autre ?" Je demande, prêt à vomir.

"Mon Dieu non, j'ai su dès que j'ai vu ta photo que tu étais à moi. Je n'avais d'yeux que pour toi. N'enchérissez qu'une seule fois, votre enchère finale. Maintenant, réponds à ma question, pourquoi étais-tu énervé plus tôt ? »

"Êtes-vous sérieux ?" Je demande.

"Très sérieux."

Je secoue la tête. "Je pensais que je n'étais qu'un jeu pour toi, que tu jouais avec moi jusqu'à ce que tu t'ennuies et que tu passes à quelqu'un d'autre."

"C'est quoi ce bordel, Bianca. Pourquoi as-tu pensé cela ?

Je hausse les épaules. « Tu as dit que je ne pouvais pas partir tant que mes obligations envers toi n'auraient pas été remplies. Il y avait une limite de temps pour notre temps ensemble. Comment aurais-je pu penser que cela allait être quelque chose de permanent ? »

Stefano passe sa main sur son visage. "Je suis tellement idiot. Je voulais juste plus de temps avec toi, pour que tu tombes amoureux de moi.

"Eh bien, ton stupide plan a fonctionné."

Quelque chose change dans sa façon de me regarder. "Venez ici."

"Pourquoi?"

«Je dois te montrer quelque chose», dit-il.

"Quoi?" Je demande en me dirigeant vers l'endroit où il est assis.

Il me prend la main et me tire vers le bas pour que je m'assoie sur ses genoux. "Comme je t'aime, putain", dit-il avant de passer ses doigts dans mes cheveux et de m'attirer pour un baiser.

"Tu m'aimes?" Je demande en regardant ses yeux sombres et enivrants.

"Tellement putain, Beauté."

En glissant de ses genoux, je prends sa main et le tire du canapé. Il me laisse le conduire dans le couloir et dans sa chambre.

«Asseyez-vous», dis-je.

Stefano s'assoit sur le bord du lit et me regarde me déshabiller et m'approcher de lui. "Je suis prêt Stefano."

"Prêt pour quoi?" » demande-t-il d'un ton sombre qui me donne des frissons dans le dos.

« Je suis prêt à ce que tu prennes mon innocence. J'ai besoin que tu le fasses. Fais de moi le tien, Stefano.

"Putain oui," grogne-t-il en me soulevant et en m'allongeant sur le lit alors qu'il m'embrasse à bout de souffle.

Il se déshabille rapidement, sans jamais quitter les miens des yeux. J'écarte les cuisses, passe mes doigts sur mon ventre et fais le tour de mon clitoris. Je gémis et me mords la lèvre alors que je le regarde me regarder. Il passe son poing sur sa bite dure, jusqu'à ce que je tende mon doigt vers lui pour me rapprocher.

Agenouillé entre mes cuisses, il positionne sa queue à mon entrée et s'enfonce superficiellement en moi, m'étirant lentement.

« Stefano, ne te retiens pas. Fais de moi le tien," je gémis.

Penchant son corps sur le mien, il prend ma joue dans sa main et m'embrasse profondément alors qu'il entre et sort de moi, allant de plus en plus profondément à chaque fois.

"Je t'aime, Beauté", gémit-il en s'enfonçant en moi.

Je ne me suis jamais senti aussi complet qu'avec lui en moi, faisant de moi le sien. "Je t'aime aussi", dis-je en le regardant dans les yeux.

Les yeux de Stefano se ferment alors qu'il entre et sort de moi de plus en plus vite. Quand il ouvre les yeux, je jure qu'il y a un nouvel homme qui me regarde, quelqu'un qui sait exactement ce qu'il a et qui n'abandonnera jamais.

"Je vais venir", je gémis.

« Putain, viens, Beauté. Allez, ma bite," dit-il en suçant un de mes tétons dans sa bouche.

Dès qu'il le fait, je me brise autour de lui en l'appelant par son nom. Agrippant mes hanches, il me frappe, allant plus profondément qu'avant et je pince mes tétons en sentant un autre orgasme arriver. Dès qu'il commence à venir, moi aussi.

Il glisse sur le côté et m'emmène avec lui, ma tête reposant sur sa poitrine alors que nous redescendons.

«Je veux dire ce que j'ai dit là-dedans. Je suis allé vers elle pour chercher une femme et je l'ai trouvée. Je veux t'épouser, Bianca. Je veux faire de toi un Russo et ne jamais te laisser partir.

"Et Alex?"

"Alex vient aussi." Dit-il en me regardant dans les yeux.

"Vraiment?"

"Bien sûr. J'ai toujours su qu'il ferait partie du package. Épouse-moi
», dit-il en glissant une bague à mon doigt.

Je ris. "Je n'ai pas encore dit oui."

"Dis oui," grogne-t-il sexuellement.

"Oui", dis-je et il m'embrasse profondément.

La fin

Autre titre de Sley Samedy à lire absolument: Sous La Table

PROLOGUE

Février Hivers.

Même si Feb aimait ses parents, elle les maudissait quotidiennement pour ce cadeau particulier. Selon eux, c'était en l'honneur de son quatorzième anniversaire en février. Valentine, avaient-ils dit, était trop rusée. Et février ne l'était pas ? Si elle devait deviner, son père avait attrapé un cas de Captain Obvious à cause de tout ce qu'il avait joué au football John Madden, et après trente-six heures de travail, sa mère était trop fatiguée pour s'en soucier.

Le nom était l'enfer lorsqu'elle était enfant, et cela est devenu encore plus infernal à mesure qu'elle gravissait les échelons de la cuisine professionnelle. Les critiques gastronomiques adoraient les gros titres, et February Winters était un panier de pique-nique rempli de putains d'yeux roulés.

Février n'est pas pour les amoureux.

La cuisine de WinterHell.

L'hiver froid de février.

Tout cela parce qu'elle a refusé d'ouvrir Under the Table, son bébé, une étoile brillante de la scène gastronomique de San Francisco, le jour de la Saint-Valentin. Parce qu'elle refusait de servir un putain de menu à prix fixe ennuyeux, comme chaque restaurant était censé le faire un soir par an lorsque tout le monde emmenait sa chérie dîner.

Premièrement, elle ne faisait pas d'amoureux.

Deuxièmement, c'était son anniversaire.

Troisièmement, c'était tout ce que Under the Table n'était pas.

Mais cette année... elle a décidé de le faire. Selon ses conditions.

Même un rendez-vous avec son peut-être chéri après.

Ses conditions, cependant, n'incluaient pas de se cacher sous la table de son restaurant du même putain de nom, mais elle était là.

Feb n'attendait pas avec impatience les gros titres de demain.

Chapitre 1

La semaine précédente...

Feb se tourna sur le tabouret de bar dans le coin de son chef, retournant son stylo autour de son pouce et regardant à travers la vitre intérieure tandis que son personnel glissait dans la cuisine. Pas de service ce soir ; juste un après-midi de planification et de mise en place pour la semaine à venir. La musique était montée à fond, l'ambiance détendue, tout sourire et toutes ces conneries, tout le monde était productif sans le stress des billets entrants. La bombe que Feb était sur le point de larguer détruirait-elle un lundi parfaitement bon ?

Un éclair bleu glacial attira le regard de Feb vers son chef barman qui se faufilait à travers les rangées de stations, goûtant telle ou telle bouchée proposée par les chefs. Dylan Jacks les avait rejoints il y a trois mois, et ils avaient passé plus de temps en cuisine que n'importe quel barman avec lequel Feb avait jamais travaillé. Ils n'avaient pas besoin de rester au restaurant plus de deux heures chaque lundi. Juste assez de temps pour préparer et stocker le bar et faire savoir à Feb s'ils manquaient de quoi que ce soit. Mais Dylan restait généralement là plus longtemps, passant plus de temps dans la cuisine, discutant, dégustant et prenant des notes sur sa tablette personnelle, puis comme sur des roulettes, la carte des cocktails était mise à jour tous les mardis pour refléter les ingrédients de la semaine. Expertement donc. Toutes les boissons de Dylan étaient étonnantes, sophistiquées mais audacieuses, surprenantes mais réconfortantes, et exactement l'ambiance que Feb recherchait pour Under the Table.

Exactement l'ambiance que Feb utiliserait également pour décrire Dylan. Leur mohawk défiait la gravité et avait été rayé de canne à sucre pour les vacances avant d'atteindre le bleu hivernal pâle qu'il était maintenant. Les tunnels et les bouchons dans leurs oreilles étaient généralement ornés de bijoux assortis au rouge à lèvres que Dylan portait ce jour-là. Et leur garde-robe chevauchait une ligne apparemment impossible : les jours de repos et avant le service, ils habillaient le rôle de nerd avec des boutons et des cravates amusantes, toujours avec leur tablette sous le bras, mais derrière le bar, ils étaient la personne la plus cool. que vous rencontrerez jamais en cuir de la tête aux pieds.

Ils avaient déjà proposé de s'habiller de manière plus formelle pour le service, mais Feb avait rejeté la suggestion. Les contradictions la fascinaient. Elle en avait décoré toute la salle à manger d'UTT, depuis les sols en ciment peints en noir et les murs en étain doux, jusqu'aux banquettes et chaises en velours bleu marine, magenta et violet, en passant par le toit à feuillus d'un blanc éclatant qui couvrait tout l'espace. Dylan, une contradiction tout aussi fascinante, s'intègre juste derrière la pièce maîtresse de la pièce, un bar fabriqué à partir du même bois de coupe que les tables du reste de la salle à manger. Ensemble, les deux – Dylan et le bar – avaient récemment joué dans plusieurs rêves de Feb.

Mais alors que Feb jetait à nouveau un coup d'œil à son carnet de chef, à la page blanche sous le titre griffonné V-day Menu, elle se demandait si son obsession des contradictions n'était pas allée trop loin. Sa détermination à s'opposer avait-elle dépassé le côté pratique, du moins en ce qui concerne son imagination culinaire ? Parce que son subconscient ne lui avait fourni aucune inspiration pour le menu du V-Day depuis qu'elle avait décidé d'être... eh bien, contradictoire. Heureusement, elle s'était entourée de chefs plus talentueux qu'elle.

Sortant son téléphone de sa poche, elle ouvrit l'application qui contrôlait la musique du restaurant et baissa le volume de la cuisine. Les têtes tournèrent dans sa direction alors qu'elle glissait de son tabouret, sortait du coin et arrivait devant le poste de l'expéditeur. Elle jeta son bloc-notes sur la dalle de mosaïque colorée qu'elle avait posée à la main, sa propre touche finale faite il y a trois ans, terminée à peine à temps pour ouvrir les portes. Elle se sentait plus nerveuse – plus perdue – maintenant qu'elle ne l'avait jamais été à l'époque. "Je ne sais pas comment faire ça."

Sa sous-chef, Adi, se redressa d'où elle et Dylan dégustaient un bol de nouilles au chou-rave sur lequel elle travaillait ces derniers jours. "Faire quoi ?"

«Un menu pour la Saint-Valentin.»

Adi a laissé tomber sa cuillère, Dylan s'est étouffé avec leur gorgée de nouilles et d'autres halètements ont résonné dans la cuisine. À la station de pâtisserie dans le coin froid, Lacey surprise a juré et a serré sa poche à douille si fort qu'elle a noyé un cupcake dans le glaçage au yuzu. « Nous travaillons la Saint-Valentin ? » elle a couiné.

"Si vous avez déjà fait des projets, gardez-les." C'était le troisième V-Day depuis l'ouverture de l'UTT, et février s'y était farouchement opposé ces deux dernières années. Si elle ouvrait sans prix fixe, elle attraperait l'enfer des convives d'occasions spéciales qui parviendraient à s'emparer d'un reso, pour ensuite rechigner devant le prix et la liste d'ingrédients trop aventureuse. Si elle ouvrait avec un prix fixe, sa conscience se révolterait et la clientèle habituelle murmurerait qu'elle était en rupture de stock. Tant pis si elle l'avait fait, tant pis si elle ne l'avait pas fait, alors ces deux dernières années, elle n'avait complètement rien fait. Son équipe n'avait aucune raison de penser que cette année serait différente. Bon sang, elle l'avait dit quand Dylan lui avait posé la question la semaine dernière. Feb ne pénaliserait pas Lacey ou qui que ce soit pour leur absence pendant ce qui était généralement une nuit de congé ; Cependant, elle ne dirait pas non à des mains supplémentaires. « Mais si vous êtes disponible ce soir-là, oui, nous allons ouvrir, et j'aurais besoin de votre aide. En supposant que je puisse trier un menu.

"Eh bien," dit Juan depuis sa station de sauce, "qu'est-ce que tu aimes dans la Saint-Valentin ?"

"Rien."

« À propos de romance ? » demanda Chloé en glissant un bol de pois chiches rôtis sur le carrelage à côté du bloc-notes de Feb.

«J'ai eu deux relations. Les deux se déroulaient comme une hollandaise. Jolie pendant une minute chaude avant que ça ne se brise. Elle jeta quelques pois chiches croquants dans sa bouche et se réjouit de la saveur éclatante sur sa langue, de la chaleur fumée de la poudre de chili ancho mais avec une touche d'éclat épicé en finale. « Ceux-ci sont excellents, Clo. Le sumac est une délicate attention.

"Merci, chef."

« Votre anniversaire n'est-il pas le jour de la Saint-Valentin ? » » a demandé Adi.

«Laissez-moi vous dire à quel point c'était amusant de grandir. La quantité de jouets en peluche roses que j'ai reçus de mes proches... » Elle leva les yeux au ciel avec un gémissement, puis fit un geste vers elle-même. "M'as-tu déjà vu porter un morceau de rose?" Le noir constituait quatre-vingt-dix pour cent de sa garde-robe, les dix pour cent restants étant bleus et gris. Même les blouses des chefs de l'UTT étaient noires.

"Qu'avez-vous fait avec eux?" » demanda Juan. "Tous les jouets roses?"

"Je les ai envoyés avec ma mère à l'hôpital vétérinaire."

Adi a servi un « Aww » avec un côté plein de sarcasme, et Feb lui a lancé un pois chiche pour plus d'audace.

Tout le monde a ri, y compris Dylan, qui a traversé la cuisine de l'autre côté du poste de l'expéditeur. Ils désignèrent le bloc-notes. "Puis-je?" Au signe de la tête de Feb, Dylan prit le bloc-notes et le stylo. « Qu'est-ce que tu détestes à propos de la Saint-Valentin ? »

"Rose."

Encore des rires, mais toute l'attention de Feb était rivée sur les coins retroussés des lèvres peintes en prune de Dylan. Elle se demandait paresseusement s'ils étaient mous et s'ils avaient aussi un goût de prune. "D'accord, quoi d'autre ?" » demanda Dylan.

"Quoi d'autre quoi ?"

Dylan sourit narquoisement, rehaussant ce sourire. "Saint Valentin. Le mauvais."

Clignant des yeux, elle détourna son attention des lèvres de Dylan et croisa leur regard alors qu'elle commençait à cocher « le mauvais » sur ses doigts. «C'est tellement commercialisé. Cela fait croire aux gens que c'est la seule nuit où quelqu'un mérite de se sentir spécial. Cela fait que les personnes sans partenaire ne se sentent pas spéciales. Et cela rend l'aromantique et certains as se sentent mal.

La cuisine devint silencieuse, Dylan grattant des notes sur le bloc-notes, seul son dans cet espace rarement aussi calme. Après un autre moment, Dylan posa le stylo et tendit le bloc-notes à Feb.

Solo Resos. Ingrédients locaux. Pas de rose.

Feb releva la tête, ses lèvres se soulevant pour correspondre au sourire suffisant de Dylan. "J'aime ça." Elle plaqua le bloc-notes contre sa paume, puis s'adressa à ses chefs. "Nous ne faisons que des réservations en solo, nous utilisons des ingrédients locaux et rien de rose ne sort de cette cuisine."

"Je l'aime aussi", dit Adi avec un hochement de tête, puis elle tourna les talons et frappa dans ses mains. « Très bien, mettons-nous au travail. Cuisine de concours. Plats en quarante-cinq.

Les yeux de Dylan s'écarquillèrent tandis que le chaos éclatait autour d'eux, les chefs courant entre les postes, le garde-manger et les réfrigérateurs. En riant, Feb a attiré Dylan de son côté de la station avant qu'ils ne se fassent écraser. «Adi est une accro des compétitions culinaires», a-t-elle expliqué. « Chaque fois que nous avons besoin de conceptualiser quelque chose, elle passe en mode concours. Cela produit généralement des résultats spectaculaires, donc je n'ai aucun scrupule à le faire. En fait (elle rendit le bloc-notes à Dylan) je pourrais peut-être participer à celui-ci. J'ai une idée."

"J'ai hâte de le goûter." La chaleur dans leurs yeux verts étincelants envoya l'esprit de Feb dans une direction différente, ses fantasmes sur le bar, Dylan et ce qu'ils pouvaient goûter d'autre. Les mots suivants de Dylan se révélèrent encore plus clairs. "Je vais aussi jeter cette bouteille de teinture pour cheveux rose que j'ai achetée hier."

Voilà quelque chose que Feb rose adorerait voir : la contradiction ultime. Elle leva une main pour repousser une mèche du mohawk de Dylan qui était tombée en avant mais se rattrapa à la dernière seconde. D'après l'éclair de feu dans le regard de Dylan, elle était à peu près sûre que le contact serait le bienvenu, mais elle était aussi à peu près sûre qu'elle ne devrait pas le faire ici, devant le reste du personnel. "J'aime ce bleu glacial", dit-elle, abaissant sa main pour la poser à côté de celle de Dylan sur le carrelage, leurs doigts se frôlant. "Mais je pense que si quelqu'un est assez nerveux pour tempérer le rose, ce serait bien toi."

Le regard enflammé de Dylan se fondit dans quelque chose de plus sombre et de plus élémentaire. "Je ne suis pas sûr que tempérament soit le mot que vous recherchez."

Chaque semaine au restaurant avait un rythme naturel et familier. Planification et préparation du lundi, puis montée en puissance constante jusqu'au rush du week-end. Mais ce jeudi ressemblait plutôt à un vendredi, le restaurant était plein à craquer, la cuisine à plein régime, l'équipe travaillait mieux lorsqu'elle innovait.

Feb avait été tellement absorbée par la cuisine qu'elle n'avait pas fait ses tournées habituelles d'invités, c'est pourquoi elle avait presque manqué deux de ses personnes préférées dînant avec eux ce soir. Si elle n'avait pas été à côté de Lacey lorsque la commande de desserts est arrivée – panna cotta à la mangue et au chocolat blanc, sans menthe – ses amis lui auraient complètement manqué.

"Amanda, c'est si bon de te voir." Elle posa les assiettes à dessert sur la table, le cupcake à la crème au yuzu pour Amanda, la panna cotta sans menthe pour son mari. "Et Justin, tu brilles." Elle se pencha pour les serrer tous les deux dans ses bras, puis se glissa sur la chaise en face de Justin. "Tout va bien avec les jumeaux ?"

Il tapota son ventre allongé, le baby bump proéminent sous son costume lavande et sa cravate. La dernière fois que Feb avait vu les chefs mariés dans leur restaurant, Diamond, Justin venait juste de commencer à les montrer. "Rooter et Tooter sont géniaux", dit-il, libérant le ton traînant du Texas qu'il réprimait habituellement.

Amanda roula des yeux et lui vola une bouchée de son dessert. "Nous n'appelons pas nos enfants Rooter et Tooter."

Il lui fit sauter le dos de la main avec sa cuillère. "Continuez à voler mes bonbons, et nous verrons cela."

Leurs rires ne se sont calmés que lorsque Dylan est apparu à leur table avec un plateau de boissons, une flûte de vin de prune pétillant pour Amanda, du café décaféiné pour Justin et un whisky pour février. "Tu as besoin d'autre chose ?" ils ont demandé.

« Vous allez bien tous les deux ? » Feb a demandé à ses invités. Aux hochements de tête de ses amis, elle sourit à nouveau à Dylan, convoitant le rouge à lèvres rouge vin de ce soir et les boucles d'oreilles assorties. "Nous allons bien, merci."

Le regard de Justin suivit Dylan jusqu'au bar avant de lancer son regard sombre et conscient dans la direction de Feb. "Alors," dit-il d'une voix traînante. "La Saint-Valentin a quelque chose à voir avec le joli barman ?"

Alors qu'elle réfléchissait à tout ce qu'elle devait avouer, Feb sirota son nouveau seigle préféré, celui que Dylan lui avait présenté il y a quelques semaines. Depuis, ils stockaient le whisky onctueux de Sonoma Coast, et chaque soir, lorsque Feb commençait sa tournée du soir, Dylan lui apportait un verre. "Je suis intéressé", a admis Feb. «Mais ce n'est pas pour eux que j'ouvre pour la Saint-Valentin. C'est moi qui donne le majeur aux critiques.

Justin gloussa. "Ça suit."

"J'ai adoré ce que tu as fait avec les réservations solo", a déclaré Amanda.

"Cela devrait permettre à ce critique du Render de passer facilement inaperçu, en supposant qu'il soit toujours en ville."

Feb fit bouger son verre, renversant presque son whisky. « Quel critique de rendu ? »

"Je suis presque sûr que nous en avons eu un au Diamond hier soir", a déclaré Justin. « Reso était sous Jacob Pappas ? il a demandé à Amanda.

Elle acquiesça. "Une taille moyenne, pas un corps moyen." Elle fredonna son appréciation et Justin pencha sa tasse en signe d'accord. « Des boucles costaudes et foncées et des yeux plus foncés. Bien trop beau pour être seul là-bas.

"Nous avons essayé de le ramener à la maison et le rougissement de cette peau bronzée... Mmm !" Il tressaillit sur son siège. "Presque aussi bon que cette panna cotta."

«J'ai vu beaucoup de critiques gastronomiques dans ma vie, mais jamais d'aussi chauds.»

Feb rigola aux échanges amusants de ses amis, tous les deux toujours à la chasse, mais à l'intérieur, son estomac était sur des montagnes russes. Justin a dû le remarquer, sa main recouvrant légèrement la sienne sur la table. "Chérie, ça va ?"

Elle secoua la tête. "Pas vraiment. Je dois aller voir si Pappas est sur la liste des réservations. Debout, elle embrassa leurs deux joues avant de jeter le reste de son whisky et de transporter ses fesses à travers la salle à manger jusqu'au bar.

Dylan la vit arriver, les yeux écarquillés d'inquiétude. "Qu'est-ce qui ne va pas ?"

"Y a-t-il un Jacob Pappas sur la liste pour la Saint-Valentin ?"

Ils ont sorti la tablette de la barre arrière de son support et, après quelques tapotements, ont jeté un coup d'œil vers février. « Neuf heures. Dernière place.

Elle ferma les yeux et pencha la tête en arrière, maudissant le plafond et celui qui était là-haut lui donnant deux majeurs. "Putain !"

Feb inspecta la cuisine une dernière fois avant d'éteindre les lumières et de remonter le passage couvert court et incliné menant à la salle à manger. Alors que le personnel sortait généralement par l'arrière en passant par les vestiaires, elle avait appris depuis longtemps que si elle ne faisait pas un tour de face en sortant, elle passerait la nuit à craindre que l'espresso ne soit servi. le distributeur automatique de la station du passage couvert était toujours allumé, ou que les robinets de bière derrière le bar dégoulinaient, ou que la porte d'entrée n'était pas verrouillée. Que sa fierté et sa joie, d'une manière ou d'une autre, seraient détruites au matin. Elle devait poser les yeux et les mains sur tous les dangers potentiels en sortant, sinon elle se retournerait toute la nuit et risquerait de brûler elle-même l'endroit le lendemain, épuisée.

Machine à expresso confirmée, elle a continué vers la salle à manger et s'est arrêtée en trébuchant en trouvant l'un des tabourets de bar toujours occupé. Dylan était assis face à la cuisine, sa tablette personnelle recouverte d'autocollants soutenue par un support pour clavier, la bouteille de seigle préférée de Feb et deux verres attendant à côté.

"Vous êtes encore là?" Dit Feb en parcourant les tables.

Dylan la regarda par-dessus l'écran. "Tu l'es aussi."

Feb jeta son manteau et son sac sur un autre tabouret, puis monta sur celui à côté de Dylan. Elle jeta un coup d'œil vers leur tablette. "Que fais-tu?"

"Je recherche Jacob Pappas, qui est définitivement un pseudonyme."

Alias, pas faux nom. Elle avait déjà remarqué cela à propos de Dylan ; la façon précise dont ils parlaient à certains moments, généralement de processus ou de procédure, surtout s'il s'agissait de questions juridiques. Feb se demandait si quelqu'un dans leur famille était avocat ou membre des forces de l'ordre. Mais cela semblait une question trop personnelle pour être posée sans développement, alors elle a commencé par le sujet le plus sûr et le plus immédiat. "C'est ainsi que fonctionnent les critiques de Render", a-t-elle expliqué en remplissant leurs verres. « Ils ne peuvent laisser personne savoir qui ils sont ou ce qu'ils font. Je sais seulement que Pappas en est peut-être un grâce à Amanda et Justin.

Dylan ferma la tablette et la poussa de côté. "Tu as l'air plus calme maintenant."

« Nous nous en tenons au plan. C'est une bonne chose. Elle était toujours nerveuse – elle attendait une révision de Render depuis des années – mais elle avait plus confiance que jamais en son équipe et en son concept. "Je serais bien plus foutu si nous avions planifié l'ennuyeux prix fixe."

"Vérité", dit Dylan avec un verre levé.

Feb fit tinter le sien contre celui-ci, puis but une bonne gorgée de seigle côtier onctueux. Elle s'appuya contre le tabouret de bar rembourré, regardant à nouveau la tablette de Dylan. « Qui est le démon des autocollants ? »

Le sourire de Dylan débordait d'affection. «Ma nièce», dirent-ils en traçant le trèfle géant au centre. « Son autre tante l'a lancée sur des autocollants le jour de la Saint-Patrick dernier. Depuis, c'est un enfer ou un hilarant – le jury n'est toujours pas élu. Les appareils de son père sont entièrement couverts.

« Ils sont ici en ville ? Ta famille?"

Ils ont levé la main en l'air. «Autour de la région de la baie.»

Un local, donc. En guise de greffe, Feb était toujours à la recherche des favoris des locaux. Les locaux savaient où la bonne merde était enterrée – dans telle ou telle ruelle, à côté de l'une ou l'autre devanture de magasin. Ils avaient leur propre carte, distincte de celle présentée par les critiques et les médias. « Quel est votre endroit préféré pour manger ici ? »

Ils tremblèrent sur leur siège. "Nous sommes assis dedans."

"Flatteur." Feb cacha son sourire satisfait derrière le bord de son verre, prenant une autre gorgée avant de demander : « Alors, quel est le numéro deux ?

«La boulangerie d'Angélica.»

Le whisky a claqué sur le bord du verre de Feb alors qu'elle le frappait sur le bar. «Cet endroit est fou. Les cannoli au gui... » Elle mima le baiser d'un chef, et même cela ne suffisait pas à faire l'éloge du meilleur dessert – de la meilleure boulangerie – de la ville. Elle était seulement triste que la fenêtre trop courte pour les cannoli au gui soit passée.

"Ils fonctionnent bien comme pots-de-vin", a déclaré Dylan avec un clin d'œil.

"Tu as essayé ça?"

« C'est plutôt comme si j'étais soudoyé. Vraiment la peine."

Feb remplit leurs verres. "C'est bien que tu aies de la famille autour."

"Je ne l'ai pas toujours fait." Feb haussa un sourcil avant de pouvoir s'empêcher d'être curieuse, mais Dylan écarta ses excuses tacites avec un battement intentionnel de leurs doigts, chaque ongle peint d'une couleur différente du drapeau de la fierté non binaire. « Ma famille biologique m'a mis à la porte quand j'étais adolescente. »

« Dyl... »

Ils secouaient la tête et, de manière improbable, souriaient, aussi large et affectueux qu'avant lorsqu'ils avaient parlé de leur nièce. « La meilleure chose qui me soit jamais arrivée. C'était nul cette première année, j'ai rebondi parmi les sans-abri, mais je me suis retrouvé dans un refuge pour adolescents queer, et c'est là que j'ai trouvé ma vraie famille. Je n'aurais pas la famille que j'ai choisie sans ceux qui ne m'ont pas choisi.

Feb fit tournoyer le seigle dans son verre, imitant la culpabilité qui tourbillonnait dans son ventre. "Maintenant, je me sens comme un con à maudire quotidiennement le mien pour mon nom."

Dylan se pencha, leur souffle murmurant sur le côté du visage de Feb, leur voix taquine et proche. "Ils méritent en quelque sorte celui-là."

Feb rit, le moment de tension brisé par l'esprit vif et sec dont elle était devenue dépendante ces derniers mois. Feb les a remerciés en partageant les moments forts de leur enfance en février-hiver. D'autres rires l'emportèrent, elle et Dylan, pendant une autre tournée de verres, Feb commençant à le ressentir, soupçonnant qu'elle le ressentirait encore plus demain matin, mais elle était trop intriguée par Dylan pour laisser passer ce moment. Elle voulait mieux les connaître, elle le voulait depuis qu'ils avaient franchi pour la première fois les portes d'UTT, mais Feb n'arrivait pas à trouver du temps en dehors de la cuisine, surtout pour des rendez-vous. Bon sang, même pour les amitiés. Mais ici, maintenant, c'était l'occasion idéale de faire la connaissance de l'une des personnes les plus intrigantes qu'elle ait rencontrées... elle ne se souvenait plus depuis combien de temps.

Et Dylan semblait aussi intrigué par elle, plus qu'heureux de continuer à mieux la connaître. « Mais ils vous traitent bien, votre famille ? ils ont demandé.

"Incroyablement", répondit Feb avec son propre sourire. "J'ai de la chance. Ils n'ont pas cillé lorsque j'ai dit que je voulais cuisiner pour gagner ma vie, n'ont pas hésité lorsque j'ai quitté Beaverton pour m'installer ici et ne m'ont jamais jugé pour qui j'aime. Ses parents n'avaient fait que l'encourager, les plus bruyants de ses fans.

« Même si ces relations se terminaient par une hollandaise brisée ?

Elle se laissa tomber sur son tabouret avec un soupir dramatique. « Ils étaient tellement déçus que cela n'ait pas fonctionné avec Marissa. Maman pensait que c'était elle. Marissa était étudiante en médecine à l'UCSF, douce, bien élevée, une dynamo au lit. Fou, comme en février. Aucun d'eux ne s'est offusqué du manque de temps de l'autre, mais avec pratiquement aucun temps ensemble, leur alchimie dans la chambre n'avait aucun temps pour s'intensifier. "Quant à papa, il a d'abord fait beaucoup de pression pour Brett D'Moine."

Dylan plaqua une main sur leur bouche, gardant à peine leur whisky à l'intérieur. Une fois qu'ils réussirent à l'avaler, ils éclatèrent de rire. « Comme le fromage ? Tu ne peux pas être sérieux ?

"Oh, mais je le suis," balbutia Feb en riant. « L'ironie n'a échappé à personne. Dommage qu'il ne soit pas aussi savoureux.

"Tu as d'abord parlé de ton père, alors quand est-ce que ça pue ?"

"Bien joué", a déclaré Feb avec le bout de son verre au jeu de mots. « Brett est devenu mon bras droit dans la cuisine où nous travaillions tous les deux. Je lui ai parlé du restaurant que je voulais ouvrir ensuite. Ensuite, il a volé le concept de sa propre maison.

L'expression indignée de Dylan était la validation dont tous les chefs ayant occupé le poste de Feb - et il y en avait beaucoup - attendaient. "Il ne l'a pas fait."

"Ouais." Elle vida le reste de son verre. «Au moins, il a eu la bonne grâce de l'apporter à SoCal. Le désert des coyotes peut l'avoir.

"Alors tu as renoncé à l'amour pour de bon ?" » dit Dylan, alors qu'ils versaient un autre mois de février.

"Je n'ai pas renoncé à l'amour", dit-elle d'un mouvement de la main. «Je n'ai tout simplement pas eu le temps d'aller le chercher. Préparer une vraie hollandaise tous les jours est déjà assez difficile. Elle sirota son whisky et resta assise sur son tabouret. "Et si je ne voulais plus faire confiance à personne dans la cuisine, trouver du temps libre est devenu impossible une fois que j'ai ouvert cet endroit et qu'il a commencé à attirer l'attention."

"Et ton cœur ne l'a pas fait."

"Cœur, pfft." Elle se pencha près de Dylan et affecta le même murmure conspirateur qu'ils avaient utilisé plus tôt. "Je me contenterais simplement de quelque chose en plus de mon vibromasseur entre mes jambes."

Feb rigola jusqu'à ce qu'elle remarque que Dylan ne riait pas. Ces yeux verts étaient fixés sur elle, leur regard intense et enflammé à nouveau, envoyant un zeste jusqu'à l'endroit où Feb utilisait ce vibromasseur. Elle rigola à nouveau, puis pressa le dos de sa main contre ses lèvres, essayant d'empêcher les mots de sortir. "Est-ce que je viens de dire ça?"

Le regard vert de Dylan s'assombrit. "Tu l'as fait."

"Trop de whisky." Et si elle ne descendait pas de ce tabouret tout de suite, elle allait se pencher jusqu'au bout et enfreindre sa propre règle consistant à embrasser ses collègues de cuisine. Elle tourna dans la direction opposée et sauta du tabouret. Chancelante, elle resta debout uniquement grâce à la grâce des mains de Dylan autour de ses biceps, leur corps chaud et compact pressé contre son dos, leur souffle chaud flottant dans la vallée derrière l'oreille de Feb.

"Laisse-moi t'appeler une voiture."

Le frisson de Feb se glissa dans ses paroles. "Je peux marcher."

Elle était sûre que Dylan l'avait remarqué, le barman glissant ses mains sur les bras de Feb, la chair de poule se soulevant dans leur sillage. "Nous ne pouvons laisser rien vous arriver avant l'arrivée du critique du Render." Ils lui ont levé les bras par derrière et les ont appuyés sur le dossier du tabouret adjacent. "Tu restes ici. Je vais finir de fermer à clé et récupérer le reste des lumières. Ils firent le tour de la salle à manger que Feb n'avait pas terminé plus tôt, éteignant les lumières au fur et à mesure, plongeant de plus en plus l'espace dans l'ombre. Ils le traversèrent avec une grâce et une efficacité de mouvement que Feb ne semblait avoir que dans la cuisine. En dehors de cela, elle était la même gamine ringarde qui avait trébuché sur les gradins lors de son récital de chorale de troisième année.

Dylan se baissa sous le clapet du bar et parcourut toute la longueur du bar, vérifiant que tous les robinets étaient fermés et que la caisse à whisky de l'étagère supérieure était sécurisée.

Le bar.

Dylan n'était pas vraiment dans la cuisine. Ce ne serait pas vraiment enfreindre les règles de Feb de goûter ces lèvres rouge vin et de sentir le corps de Dylan plus fermement pressé contre le sien.

"La voiture devrait arriver sous peu", dit Dylan alors qu'ils sortaient de derrière l'autre bout du bar, près de l'endroit où Feb attendait. Et attendit, retenant sa langue, laissant le silence rapprocher Dylan. "Fév, ça va ?"

"Il y a une autre raison pour laquelle je ne cherche pas de relation ces derniers temps." Elle déplaça son poids du tabouret vers la personne en face d'elle, passant ses bras sur ses épaules et posant sa joue contre la leur, chuchotant sa confession à l'oreille de Dylan. "Je n'en ai plus envie depuis que tu as franchi ma porte." Les lèvres de

Don't miss out!

Visit the website below and you can sign up to receive emails whenever Sley Samedy publishes a new book. There's no charge and no obligation.

https://books2read.com/r/B-A-OFCKB-LXKID

Connecting independent readers to independent writers.

Did you love *Le Choix de Bianca*? Then you should read *Ténébres capturées*[1] by Sley Samedy!

[2]

Iris n'a jamais été du genre à rechercher des sensations fortes, mais des années de vie dans une famille stricte l'ont poussée à prendre des vacances à la recherche de nouvelles expériences. Lors de son séjour dans un complexe, Iris rencontre un bel inconnu nommé Duran qui lui propose une aventure d'un soir qu'elle ne peut refuser.

Et il tient ses promesses lors d'une soirée qui la change à jamais.

Mais le lendemain matin, elle découvre un secret sur Duran qui change tout. Et maintenant qu'elle le sait, c'est un problème qu'il faut régler.

Contre sa volonté, Duran l'emmène dans son manoir à l'extérieur de la ville. Là, elle se retrouve entraînée dans un monde dangereux dont ses

---

1. https://books2read.com/u/4jGD6X

2. https://books2read.com/u/4jGD6X

parents ont passé des années à essayer de la protéger. La peur des liens de Duran avec la mafia italienne suffira-t-elle à l'éloigner de lui ?

Ou est-elle capturée par une sombre passion trop puissante pour résister ?

Also by Sley Samedy

Une nuit sur la plage
Amoureux du défi
Le stagiaire du détenu
Pardonne mon Péché
Premier Match
Proposition interdite
Réclame par mes demi frères
Scandale dans le désert
Une tente pour deux
Amitié ruinée
Tuer pour elle
Garde moi
L'ultime défi
Mauvais Détour
On dirait que ça tue
Une sale promesse
Imprudence
Juste sous le gui
Survie et Triomphe
Ténébres capturées
Le Choix de Bianca

www.ingramcontent.com/pod-product-compliance
Lightning Source LLC
Chambersburg PA
CBHW021136130726

47988CB00003B/1337